Helene Böhlau

Novellen

Der schöne Valentin – Die alten Leutchen

Böhlau, Helene

Novellen
Der schöne Valentin – Die alten Leutchen

Reihe: *classic pages*

ISBN: 978-3-86267-064-2

Auflage: 1
Erscheinungsjahr: 2011
Erscheinungsort: Bremen, Deutschland

Europäischer Literaturverlag GmbH, Fahrenheitstr. 1, 28359 Bremen (www.elv-verlag.de).

Cover: Ausschnitt aus dem Gemälde *Youth in Blue* (1918-19) von Amedeo Modigliani

Inhalt

Der schöne Valentin   5
Die alten Leutchen   46

Der schöne Valentin

In einem vom Verkehre abgelegenen Platze des winkeligen Städtchens lag ein altes, wunderliches Häusergehocke. Vor Zeiten war dieser Platz ein Teich gewesen, und die erwähnten Häuser lagen auf einer Art Damm, der einst dem Wasser Schranken gesetzt hatte und sich jetzt über das Niveau der Straße einige Fuß erhob. Sie hatten es sich auf dem fest ummauerten Unterbau recht bequem gemacht und waren ansehnlich alt geworden. Zur großen Annehmlichkeit war der Damm breiter als die auf ihm angesessenen Gebäude, sodass die Leutchen in den erhöhten Häusern über den Häuptern der Vorübergehenden auf- und niederwandeln und vor den Türen sitzen konnten. Eine schmale, steinerne Treppe führte von da aus erst zur eigentlichen Straße hinab. Der Volksmund hatte vor Jahrhunderten diese eigentümliche Baulichkeit »das Kannerückchen« getauft, und von Kind auf Kindeskind hatte sich die Benennung fortgeerbt. Der Platz, an dem das Kannerückchen lag, war von ärmlichen Wohnungen umgeben und mit einer Eichenpflanzung, die nicht im besten Gedeihen stand, bedacht worden. Ein einziger Baum hatte sich vor den anderen kräftig entwickelt und machte durch sein gesundes Verbreiten und sein schönes Emporstreben die Armseligkeit seiner Genossen noch augenscheinlicher. Seine jungen, kräftigen Triebe glänzten noch purpurn in der Sonne, wenn die Blätter der übrigen schon fahl und lebensmüde an den Zweigen hingen, und im Winter stand der Baum in dichtes, braunes Laub eingemummt, und mochte der Sturm noch so hart um die allen Giebel und Wipfel toben, der Baum überließ ihm nicht ein Blättchen, hielt alle fest, auch wenn das tolle Wetter zwischen seinen Zweigen herumwirtschaftete, dass sich ihm der braune Pelz aufsträubte. Um die armen Genossen sah es auch da über aus; die reckten die dürftigen Äste kahl gen Himmel, und auf dem Boden wirbelte ihr Hab und Gut im Winde.

Auf diesem alten Platze trieben die Schuljungen, die sich aus Gassen und Gässchen hier zusammenfanden, ihr Wesen, und an feuchten, geheimnisvollen Herbstabenden klang dort ihr schrilles, lang gezogenes Schreien so eigen, wie es nur an Herbstabenden klingen kann, wenn die Töne in der bewegten, neblig dämmerigen Luft verschwimmen und, wieder auftauchend, von neuen, helleren überklungen werden. An solchen wunderlichen Abenden, wenn aus den Fenstern schon die Lichter glänzten, jagten sich die Jungen unter den Eichen. Auf dem vertrauten Kannerückchen hockten sie auf den Schwellen und sahen, vom Rennen ermüdet, in die Dämmerung. Von den nahen Feldern her zog um diese Jahreszeit der kräftige Geruch der Kartoffelfeuer über die Stadt hin und weckte in den Herzen der Buben verlangende Gefühle. In den Häusern aber auf dem Kannerückchen, da saßen die braven Leute behaglich in ihren Stuben und waren schon nahe daran, sich die Zipfelmütze über die Ohren zu ziehen.

Unter den alten, windschiefen Dächern wohnten friedliche, gute Leute in bester Nachbarschaft. Sie kannten sich alle schon seit langen Jahren, waren wohllöbliche Angesessene des Städtchens und ehrbare Bürger. Jeder von ihnen konnte dem andern einen guten Abend und guten Morgen bieten, ohne sich etwas zu vergeben.

Zwei kleine Läden, die des Abends umständlich mit eisenbeschlagenem Bretterwerk und Stangen unter Verschluss gebracht wurden, gereichten dem Kannerückchen zu gutem Ansehen. Ein Uhrenhandel wurde in dem einen Laden betrieben, und den andern hatte ein Instrumentenmacher seit langer Zeit inne und schien sich darin wohlzubefinden. Das ganze windige Musikervolk aus der Umgegend, aus Dörfern und Städtchen, musste bei ihm seinen Bedarf an allerlei Musikinstrumenten holen. Er war der einzige seiner Art in weitem Umkreis und war gut daran, da seine Kunden die Sache nicht so genau nahmen und eine Geige, wenn sie nur recht kratzte, für ein nützliches Ding erklärten, in dem Falle nämlich, dass es damit etwas zu verdienen gab.

Oben im Häuschen des Instrumentenmachers wohnten zwei alte Jungfern, Jette und Rosina Degele, die sich ehrbar als Schneiderinnen durchhalfen und ein paar respektable Personen waren, auf welche die Bewohner des Kannerückchens mit Achtung und einem gewissen Stolz blickten, denn das Schicksal hatte das Dasein der beiden mit einem in den alten Häusern ungewohnten Luxus ausgestattet. Verschiedenerlei war es, was sie vor den andern auszeichnete. Zum Ersten lagen ihnen gesellige Pflichten ob, denen sie mit Würde und Eifer nachzukommen suchten. Jährlich ein-, zweimal hatten sie eine Pastorin und deren Base, die beide mit ihnen in Bekanntschaft standen, bei sich zum Nachmittagskaffee zu Gaste. An solchen Tagen ging es bei den Jungfern hoch her, und sie hatten ihre Freude an dem Überflusse, wenn sie, nachdem die Gäste den Rücken gewandt hatten, in dem nach allerhand Süßigkeiten duftendem Stübchen vor den noch reichlich gefüllten Kuchenschüsseln saßen. Was die beiden Degeles aber in den Augen der übrigen mit einer Art Nimbus umgab, war, dass Rosina ein altes, verstimmtes Klavierchen besaß, an dem der Instrumentenmacher schon oft sein Glück versucht hatte und auf dem das gute Weib Feierabends manch rührende Stücke abspielte, seit Jahren immer dieselben, mit derselben Liebe und Weihe. Wenn dann an warmen Abenden die hellen, schwirrenden, harfenartigen Töne durch das offene Fenster auf den Platz hinausklangen, da hatten die Nachbarn ihre Freude daran, und die Töne, welche Rosina dem Klavier entlockte, mochten vielleicht mancher armen Seele wohlgetan haben, in welcher Frühlingsahnung aus Sorge und Arbeitslast hervorbrechen wollte und nur auf eine Bewegung wartete, die ihr das schwer verwahrte Tor öffnen möchte. Und an der Schwester hatte Rosina jederzeit eine stille und andächtige Zuhörerin.

Ein altes Ehepaar verhalf ferner dem sonderbaren Kannerückchen zu einem Schmucke; die alten Leute hatten den kleinen Platz vor ihrer Türe, sie wohnten am Ende des Kannerückchens, zum Gärtchen umgewandelt und pflegten dies mit großer Liebe. Ihrer Mühe, die sie sich um die Ecke gaben, half die Südsonne nach, so, dass vom ersten Frühjahr bis in die Fröste hinein der kleine Fleck in Blüte stand und den Leuten den Wechsel der Jahreszeiten schön verkündete. Kamen im März die Aurikeln hervor und wurden von der Handvoll gelber Krokus die schützenden Tannenzweige fortgenommen, so war wohl keiner auf dem Kannerückchen, der nicht seine Bemerkung jahraus, jahrein darüber gemacht hätte. Diejenige aber, die das Gedeihen des Gartens am regelmäßigsten und eifrigsten beobachtete, war eine alte Trödelfrau. Die wohnte mit ihrem Kram in einem der Hinterhäuser in unbeschreiblicher Umgebung von tausend Lumpen und Dingen, die in anscheinend rätselhafter Unordnung aufgehäuft lagen.

Diese alte Frau trug Winter und Sommer eine braune Pelzmütze. Niemand hatte sie je ohne diese gesehen; aber man wusste, dass sie dieselbe wegen einer Neigung zu Kopfreißen trug.

Die Alte hieß Machlett; sie war trotz eines scheinbar mürrischen Wesens eine ganz vertrauenerweckende Persönlichkeit und hatte ihre guten Seiten. Jedenfalls war ihr Interesse für den kleinen, fremden Garten ein unverfängliches; in ihm sprach sich vielleicht bei ihr die zusammengefasste menschliche Sehnsucht nach Unerreichbarem, Tiefgewünschtem aus. Sie stand oft versunken vor dem Holzgitter und schaute in die Blumenpracht hinein, und kam dann einer vorüber, der auch seine Freude an dem blühenden Eckchen hatte, so fühlte sie sich veranlasst, die Vorzüge des Gartens an das rechte Licht zu bringen. Sie hatte da eine Auswahl verschiedentlicher Bezeichnungen, um den Fremden die Schönheit ihres Idols recht einleuchten zu lassen. »Ein hübsches Eckchen!« oder »schöne Pflänzchen!« oder »so was lobt man sich!« Sie hatte ihre bestimmten Ausdrücke. »Ein Paradiesgärtchen!« – das sagte sie, wenn sie bei Feiertagslaune war, mit ihrer trockenen, rauen Stimme, sodass der, an den sie sich mit ihrer Bemerkung wandte, meinte, sie brumme ihn an, und seines Weges ging, ohne ihrer groß zu achten. Die Alte war von den Nachbarskindern ihres Aussehens wegen ziemlich gefürchtet, aber mit Neugierde beobachtet. Sie schlichen ihr gerne nach und sahen ihr zu, wenn sie in ihrem Hofe die allen erhandelten Sachen lüftete und sortierte.

Nun habe ich so manchen Einwohner der Häuser genannt, aber den Helden der Geschichte nicht. Und außerdem noch manche nicht, von denen sich allerlei sagen ließe, die sich aber äußerlich stille verhielten, sich von der Zeit mitschleppen ließen, ohne viel Wesens daraus zu machen, die ihre Arbeit taten und sich einigermaßen allnächtlich davon erholten: die sich vielleicht sonntags besonders sorgfältig wuschen und reine Wäsche anzogen – vielleicht. Unser Held also war der Sohn des Instrumentenmachers, hieß Valentin und hauste mit seinem Vater in dem kleinen Laden, der zu gleicher Zeit als Werkstatt und Wohnraum diente und sich ziemlich tief in das Haus hineinzog, ein dämmeriger Aufenthalt, der nur am Fenster, an dem die Geigen hingen, ein sonnenhelles Plätzchen hatte. Da stand des Meisters Arbeitstisch, und wenn die Sonne zu ihnen hereinschien, warf sie die schwarzen, gestreckten Schatten der Geigen auf die vom Alter fahle Diele.

Valentin war der einzige Sohn. Die Mutter hatte frühe wegsterben müssen; von ihr hatte er eine für ihn überflüssige, große Schönheit ererbt. Er war schön vom Kopf bis zur Zehe, schön in seinen Bewegungen, ein Meisterstück der Natur. Bei Weitem übertraf er das, was man so gang und gäbe einen schönen Knaben nennt, zu welchem Ausspruch der Anblick roter Wangen, heller Augen und krausen Haares gar leicht verleitet. Über des Instrumentenmachers Sohn schien Schönheit ausgegossen zu sein. Sie hatte ihre Heimat in ihm aufgeschlagen und bekräftigte ihr Dasein in seiner Erscheinung. Seine Schönheit war nicht lachend und heiter, war nicht das, was man reizend nennt, nicht einschmeichelnd, sondern ernst und unverständlich für viele. Der Knabe hatte etwas Unnahbares in Blick und Bewegung, und es schien, als sei das Schicksal der Vereinsamung auch ihm auf die Stirne geprägt, wie es jedem vor den anderen ausgezeichneten Menschen mit einer königlichen Gabe zugleich überkommen muss. Die Nachbarsleute sahen den jungen Valentin täglich von seiner frühesten Kindheit an unter sich; aber dass einer an dem schönen Geschöpfe seine Freude gehabt hätte? – Gott bewahre. Sie bemerkten ihn kaum; trotzdem aber, wenn sie mit ihm in Berührung kamen, empfanden sie etwas wie Verlegenheit, wie Unentschlossenheit. Eine Art ärgerlichen Gefühls beschlich sie, wenn sie in seine ernsten, wunderbaren Augen blickten, die wie aus einer anderen Welt zu ihnen aufschauten. Und wirklich war es wohl nur die körperliche Schönheit, die einen Zauberkreis um ihn zog, sonst unterschied er sich von den Knaben seines Alters nicht besonders. In keiner Weise war er begabt, auch nicht einmal das, was man geschickt nennt. Was er betrieb, betrieb er lässig, ohne Feuer und Liebe zur Sache. Er hatte keinen Freund unter den Knaben, und wenn er sich unter sie mischte, fühlte er sich nur geduldet und hatte die Art unbeschäftigter, unangeleiteter Kinder, überall im Wege zu stehen. Saß er auf der Türschwelle und schaute, weil er nichts zu unternehmen wusste, auf seine Füße, so hinderte er sicher jemanden am Ein- und Ausgehen, bekam einen Stoß, ein unfreundliches Wort und wusste nicht wie. – Lief Jungfer Jette Degele, im Gefühle ihrer unklar gestalteten Lebensstellung, bei halber Dämmerung mit dem Wassereimer zur Treppe hinab, Kopf und Schultern in ihr altes Umschlagetuch gehüllt, das sie bei solcher Verrichtung zu tragen pflegte, in dem unsicheren Gefühl, auf diese Weise symbolisch die eigene Bedienung vorzustellen, rannte sie sicher an Valentin an, der auf der Treppe hockte oder gelangweilt am Geländer lehnte, – kurz, er war immer das, woran sie stieß, was sie in ihrer Eile unliebsam aufhielt, sodass sie mit der Zeit in den heftigsten Widerwillen gegen den Knaben versetzt wurde. Es sind oft kleine Zufälligkeiten, die uns lieblos gegen eine Person werden lassen. Doch stehen diese Zufälligkeiten mit den Eigenschaften der beiden sich nicht Wohlwollenden in enger Verbindung.

Valentins Vater war ein ruhiger, gesetzter Mann von schwacher Gesundheit, der dumpf hin sein Geschäft betrieb und sich damit zufriedengab, dass die Waren, welche er lieferte, einigermaßen zusammenhielten. Vater und Sohn saßen sich des Abends gewöhnlich stumm gegenüber, nachdem sie ihr Abendessen mit gutem Appetit eingenommen hatten. Der Alte bastelte nach der Arbeitszeit dann noch etwas Unbestimmbares an seinem Werktische, trug in sein Buch ein und führte mit dem Sohne hin und wieder gleichgültige, alltägliche Gespräche. Er war ein zufriedener, trockener Mensch, der zu seinem Sohne eine ruhige, kaum bemerkbare Liebe hegte.

Außer seiner Schönheit aber hatte der Knabe dennoch eine eigentümliche Gabe auf den Lebensweg mitbekommen. Doch mochte es fraglich sein, ob dies zweite Geschenk ihm zum Glücke dienen würde; denn es schien auch überflüssiger Art. Valentin hatte ein fantastisches, zu Träumen leicht geneigtes Hirn.

Wenn ihn abends das Zusammensitzen mit dem Vater langweilte, schlich er sich sachte hinaus, setzte sich auf den äußersten Rand des Kannerückchens, ließ die Beine herabbaumeln und sah in den Himmel. Seine alte Katze, die sich zu ihm hingezogen fühlte, fand sich bei ihm ein und ließ sich schmeicheln. Die Nachbarskinder jagten zu seinen Füßen und blieben von ihm unbeachtet; sie hieben sich in die derben Gesichter und gingen gegenseitig miteinander um, als wären sie unzerbrechlich, lagen im erdigen Sande und wurden nicht lehmfarbener, als sie von Natur schon waren. Im seltensten Falle neckten die Buben den einsamen Träumer, und einmal nur war es geschehen, dass ein verschmitzter Geselle unten an der Mauer hinschlich und den Tiefversunkenen an den am Rande des Kannerückchens herabhängenden Beinen heruntergezogen hatte. Der aber war gründlich betrogen und blieb nicht unbestraft. Valentin wurde durch das rohe Vergreifen an seiner sanften Person von einer zitternden Wut befallen und walkte den Frechling durch, dass es eine Art hatte. Der mochte es sich so nicht haben träumen lassen und sprach von da an mit einem gewissen Respekt von Valentin. Als Schüler hatte Valentin wenig Glück; wie eine schwere Last lag die tägliche Unfreiheit der Schule auf ihm. Die Arbeiten, die er zu liefern hatte, entstanden bei ihm in einem traumähnlichen, verworrenen Zustande.

Niemand kümmerte sich um ihn; der Vater entrichtete das Schulgeld und hatte damit seiner Ansicht nach die Pflichten, die ihm die Bildung seines Sohnes auferlegte, vollkommen erfüllt. Erbarmte ihn ja einmal das unglückliche, dumpfe Hinbrüten des Knaben, dem eine Rechenaufgabe wesenlos im Kopfe spukte, so raffte er sich wohl auf, um dem armen Tropfe beizustehen, schüttelte aber gar bald nur den Kopf über die unnötige Anhäufung unklarer Begriffe, die in das Hirn der neuen Menschheit gezwängt würden, und dem guten Valentin war wenig damit geholfen.

Das Erwachen am Morgen mit dem Gefühle, unentrinnbar zur Schule zu müssen, erfüllte seine ersten bewussten Augenblicke mit Sorge und Schwere. Nur in den Ferien und Sonnabend nachmittags war sein seelisches Wesen unverkrüppelt. Da entfaltete sich sein Empfinden und erfüllte ihn freudig; seine äußere Schönheit wurde von einer zum Leben erwachenden Seele verklärt. Er fühlte sich wohl, tief wohl, und die stillste Stunde wurde ihm zum beglückenden Zeitraum, die einfachste Unternehmung zu einem wünschenswerten Ereignis. Zu solchen Zeiten bargen die gerümpelhaften Häuser auf dem Kannerückchen ein Geschöpf, das in seiner einfachen Vollkommenheit dem armen, elenden, von Hässlichkeit, Krankheit und Überklugheit heimgesuchten Menschengeschlechte wie ein Bild aus glücklicheren Zeiten erscheinen konnte, aus Zeiten, die Gestalten und Seelen rein und schön hervorbrachten. Die armen Häuser umschlossen dann eine Offenbarung der Natur, die den Verständnisvollen mit Trauer über seine eigene und der Masse Krüppelhaftigkeit erfüllen musste. So einfach und schön Valentins Körper sich gebildet hatte, so war er auch von manchen schönen Kräften belebt, von einer unbewussten Güte, einem tiefen Zug zum Unnennbaren, Unbekannten und einem grenzenlosen Verlangen nach Freiheit.

Eine gute Freundin, die es wohl mit ihm meinte, hatte er an der allen Machlett: derselben, die auch dem schönen Blumengärtchen von Herzen zugetan war. Bei der verbrachte er manche Stunde. Sie erlaubte ihm, in ihren Sachen zu kramen, soviel er wollte, und schwatzte gerne mit ihm.

Von allen aus der Nachbarschaft war die Alte diejenige Person, deren Wesen sich mit dem des Knaben verbinden konnte und die Einfluss auf ihn hatte. Dieser Einfluss beschränkte sich darauf, dass sie durch Erzählen und eine eigenartige Auffassung der Dinge Valentins Fantasie erregte. Die Frau Machlett hatte eine poetische Art zu denken und zu sehen, und das war es, was den schönen, nach Heimatluft seiner jungen Seele dürstenden Knaben an die alte Frau fesselte.

Sie war im Grunde ein elendes Geschöpf, das um sein bisschen Lebensunterhalt unverhältnismäßig kämpfen musste. Wie es aber schien, achtete sie ihr Dasein als etwas Wertvolles, das zu verlängern und zu unterhalten man sich keine Mühe verdrießen lassen dürfe, war dazu immer gutes Mutes und hatte ihre Freude daran, wenn sie recht solid satt geworden war. Sie wohnte in einem Stübchen, das zum Hofe hinausging; das war gehörig mit altem Gerümpel ausstaffiert. Kein Stück passte zum andern, und nur dass alles zu einem gewissen, einheitlichen Stadium der Abnutzung gekommen war, gab den Dingen eine verwandtschaftliche Beziehung untereinander. – Sie hatte allerlei merkwürdige Bilder, die an den Wänden hingen, in den Jahren zusammengekauft. Darunter befand sich auch ein eingeräuchertes Ölgemälde, welches einen gepuderten und bezopften Kavalier vorstellte, der vor Zeiten die Verpflichtung in sich gespürt haben mochte, sich malen zu lassen, um mit seiner werten Person einen bestechenden, erfreulichen Eindruck lebenden und kommenden Geschlechtern zu machen. Jetzt hing dieser Herr, von allen Verbindungen, die ihn einst umgeben hatten, längst abgesondert, in dem Stübchen der Trödelfrau. Ein anderes Bild, welches sie sich nicht selbst erworben, sondern von ihrem Sohne, der in Bayern auf einem Dorfe das Schusterhandwerk betrieb, vor Jahren geschickt bekommen, hatte seinen Platz über dem steifbeinigen, schmalen Sofachen, das, einigen vergoldeten Leisten und Linien nach, einst bessere Tage gesehen haben mochte. Es war ein einfach grob kolorierter Holzschnitt, den die Alte nicht allzu sorgfältig in einem nicht dazu passenden, ovalen, schnörkelhaften Rahmen untergebracht hatte. Dieser Holzschnitt stellte in unklarer Umgebung, die dem Künstler offenbar Schwierigkeiten gemacht haben musste und etwa einer Bretterbude ohne Dach glich, den Heiland am Kreuze mit den beiden Schächern ihm zur Seite dar. Diese Gruppe nahm ohne jede perspektivische Stellung die obere Hälfte des Bildes ein, und die untere war durch ein unglaubliches Übereinander von Schultern und Köpfen ausgefüllt. Im Hintergrunde sah man feste, dunkelblaue Berge.

Valentin wurde von der kindlich unvollkommenen Weise, ein Ereignis darzustellen, angezogen; besonders als die Machlett ihm sagte, woher das Bild stamme und was es vorstelle, schien es ihm das bedeutendste Stück der für ihn anziehenden Einrichtung der Alten.

Sie erzählte ihm, dass ihr Sohn in einem bayerischen Dorfe lebe. Er sei dorthin verschlagen worden. Es gehe ihm aber gut. Der Sohn habe ihr, wie schon gesagt, das Bild einst geschickt und dazu geschrieben, dass in einem Nachbardorfe im Gebirge die Bauersleute des Herrn Jesu Leidensgeschichte aufgeführt hätten auf einer Bühne, wie sie der Maler auf dem Bilde, so gut es ginge, abgezeichnet. Der Sohn hatte nicht genug beschreiben können, wie gar rührend und schön sie das Leiden des Herrn darstellten. Und der, der den Herrn und Heiland habe spielen dürfen und den sie an das Kreuz gehängt hätten, sei ihm wohl bekannt, da er eine Zeit lang bei ihm in Arbeit gestanden.

»Den Namen hat der Sohn unter das Kreuz geschrieben«, sagte die Alte, als sie die Bedeutung des Bildes dem Knaben einst erklärte, und zeigte Valentin ein grobes, unleserliches Gekritzel, welches Valentin nie hatte entziffern können. »Die vielen Köpfe«, hatte der Schuster geschrieben, »die unten auf dem Bilde zu sehen sind, bedeuten die Bauersleute, welche dem heiligen Schauspiele mit zugeschaut haben.«

Das Bild habe er am Abend, als alles zu Ende gewesen sei, in einem kleinen Kram gekauft, und derjenige, der den Heiland vorgestellt, wäre sogar mit ihm gegangen und hätte das Bild, welches ihn selbst am Kreuze hängend darstellt, ausgesucht.

Die Machlett erzählte dies mit einer gewissen Feierlichkeit, die auf den Knaben ihre Wirkung nicht verfehlte. Es machte ihm einen wunderbaren Eindruck, dass ein Mensch den Heiland dargestellt, und dass man ihn auch dafür angesehen habe, und er wurde nicht müde, die alte Machlett zu fragen: wie das möglich sein könne; ob er auch in Wirklichkeit eine Dornenkrone getragen, und ob er Jünger gehabt habe; was er geredet und wie alles gewesen sei; auch wie er am Kreuze sich halten konnte. Die alte Machlett schien ihm, seit er erfahren, dass ihr Sohn mit diesem wunderbaren Menschen, der den Gekreuzigten vor so vielen Leuten vorgestellt, so nahe bekannt war, eine Zeit lang mit einer Art Weihe umgeben. Es war ihm, als hätte sie nähere Verbindung mit dem Allerhöchsten als andere Menschen. Und der Eindruck, den das Bild und die Erläuterungen der Frau Machlett auf ihn machten, war ein tieferer, als man wohl annehmen mochte. Das Bild blieb, so oft er es von da an wieder betrachtete, bedeutungsvoll für ihn.

Wollte man von dem Platze aus zu den Stadtteilen gelangen, die sich über die Stadtmauer hin ausgedehnt hatten, so musste man durch ein von einem altersgrauen Turm gekröntes Tor gehen. Diesen Weg machte Valentin mit der Machlett öfters.

Eines Tages, als die Dämmerung schon sanft hereingebrochen war, gingen die beiden wieder einträchtiglich nebeneinander der Stadt zu. Vor ihnen lag das alte Johannistor im Abendschein. Der Himmel leuchtete grünlich blau und strömte ein mattes Licht aus, und der alte Turm hob sich dunkel von dem hellen Hintergrunde ab. Er hatte ein spitzes, aus großen Quadern gemauertes Dach, auf dem ein Strauch fest eingenistet war. In den Lücken und Rissen des Mauerwerks hatten es sich aller Art Vögel wohnlich gemacht und umflatterten geschäftig das Gemäuer. An der Seite des Turmes, auf den die beiden zugingen, war ein kleiner, aus rohen, breiten Steinen gefügter Altan angebracht.

»Seid Ihr einmal da oben gewesen, Frau Machlett?«, fragte Valentin. »Da kann kein Mensch mehr hinauf«, erwiderte die Alte. »Die Treppe ist zusammengefallen, oder sie haben sie abgebrochen.«

»Aber was ist jetzt dort oben?«, fragte er.

»Ratten«, sagte sie trocken.

»Was hatten sie denn früher in dem Turme? Wohnte vielleicht jemand dort oben?«

»Ganz früher haben sie ein Gefängnis darin gehabt, und auf dem kleinen Altane mussten die, die nicht gutgetan hatten, in Sonne und Regen vor aller Augen stehen; die Frauen und Mädchen. Das waren harte Zeiten, damals; meine Großmutter selig hat es noch mit angesehen. Von einer, die Apollonia Berg hieß, wusste sie eine traurige Geschichte, die wir dummen Mädels oft von ihr hören mussten. Du lieber Gott! – Die Zeit vergeht!« In Gedanken vertieft, schüttelte die Alte den Kopf.

Valentins Gemüt erregte sich bei den Andeutungen der alten Machlett schon, und vor seinen Augen begann sich ein geheimnisvolles Leben um den Turm zu bewegen.

»Du kennst doch das Haus in der Brüdergasse«, fuhr seine gute Freundin fort, »in dem wir früher wohnten? Das hat schon den Eltern der Großmutter gehört, und wir Geschwister mussten es bei der Erbteilung verkaufen. – Es ist das Eckhaus in der Brüdergasse, links. Da weiß ich noch, wie die Großmutter an einem Winterabende – wir saßen alle um den Tisch, auf dem das Talglicht brannte – uns ihre Geschichte von der Apollonia zum ersten Male erzählt hat und weiß noch, wie sie aufstand, an das Fenster trat und hinaus in den

Mondschein sah, der hell auf das gegenüberliegende Haus schien; wie sie nach dem Haus zeigte und sagte: ›Da, wo jetzt die Müllern wohnt, das Fenster, das gerade zu uns hersieht, das ist das Fenster, an dem die Apollonia saß.‹; Wir sahen damals alle scheu danach hin, der Mond glitzerte silbern auf jenen Scheiben, und uns war es beklommen zumute. – Die Großmutter hatte uns erzählt, wie sie als Kind mit der Apollonia gespielt und wie sie abends miteinander auf einem Bänkchen vor der Türe gesessen hätten, und dass sie oft, weil es damals so gar streng nicht gewesen war, um die Schulstunde entwischt seien und auf der Fähre, die an der Stelle, wo jetzt die Brücke ist, hin und wieder ging, für einen Pfennig übergefahren wären. Das Apollönchen habe sich täglich allerlei ausgesonnen, was die Großmutter getreulich mit ihr zusammen dann ausgeführt.

Sie konnte uns nicht genug beschreiben, was für ein besonderes Mädchen ihre Freundin gewesen sei. Sie soll braune Augen und schönes, blondes Haar gehabt haben, womit sie sich ihren Gefährtinnen gegenüber rühmte. – Dass sie eine Seltenheit sei, hat sie ihnen immer erzählt und hat ihnen im Spaß gesagt, sie sollten sich nur im Städtchen umsehen, so etwas Rares wie sie fänden sie nicht noch einmal: nur noch der gelbe Spitzhund am Johannistore habe solche Augen und Haare. –

Dann sagte die Großmutter: Ein Lachen, wie die Apollonia an sich gehabt habe, wäre ihr zeitlebens nicht wieder vorgekommen: Manchmal, wenn sie an das Mädchen dächte, sei es ihr, als hörte sie es noch. – Aus irgendeinem Grunde, ich glaube, bei den Eltern der Großmutter wurde gebaut, da schlief die Großmutter bei den Nachbarsleuten mit in der Kammer ihrer guten Freundin. Da hat sie ihr beim Schlafengehen einmal etwas erzählt: Es war eine dumme Schulgeschichte, die sie miteinander erlebt hatten: wie ein Mädchen, das wegen ihrer Sanftmut und ihrer Unentschlossenheit bekannt war und deswegen von den andern gehänselt wurde, den Entschluss fasste, etwas Außerordentliches zu tun. Und was tat sie? – Sie warf dem Lehrer mit großer Ruhe und

Ernsthaftigkeit eine tüchtige Semmel mitten in der Stunde an die Nase und stemmte sich nach der Tat heulend mit beiden Armen auf den Schultisch. – Weißt du, so machen es die Mädels«, wandte sich die Machlett noch insbesondere an Valentin. »Darüber hat die Apollonia in der Erinnerung so gelacht, dass sie sich in ihrem Hemdchen, wie sie oben ins Bett steigen wollte, auf die Kammerschwelle gesetzt habe, die Arme um die Knie geschlungen und gelacht habe, als wollte sie nicht wieder aufhören. – Die Großmutter sagte, sie hätte ihr Lebtag den Anblick nicht vergessen können, so schön sei das Mädchen da gewesen und so voller Leben, wie ihr nie wieder eine vorgekommen. – Solche Geschichten hörten wir von der Apollonia gar zu gerne, und sie bewegten uns sehr, und vor jeder einzelnen, je unschuldiger sie war, grauste es uns später ganz eigen, denn das Mädchen hat ein böses Schicksal gehabt. Die Großmutter erzählte uns Dinge von ihr, die uns jungen Mädchen tagelang nicht aus dem Kopfe wollten.« Die Alte schwieg.

»Weiter, Machletten«, sagte Valentin und zupfte die Alte am Rocke.

»Als ob das eine Geschichte für so einen Jungen wäre«, erwiderte sie.

Da blickte sie Valentin mit seinen schönen Augen bittend an.

»Wie eins aus dem anderen kam, kann ich dir nicht sagen«, fuhr die Machlett fort, »weil ich es nicht weiß. Ich glaube auch, die Großmutter hat uns nie von der Apollonia erzählt, wie man eigentlich erzählen muss. Wenn sie sich an sie erinnerte, fing sie an, wie sie es gerade im Sinne hatte, bald dies, bald das. – Der Oheim der Apollonia, der hat hier vor der Stadt einen Garten gehabt, und in dem haben sie alle Jahre ein großes Beet voll wunderschöner Tulpen gezogen, und die Apollonia musste gegen Abend immer hinausgehen, um die Blumen zu begießen. Meine Großmutter hat sie da oft begleitet, auch noch, als sie schon große Mädchen waren; denn die beiden sind auch nach der Einsegnung ein Herz und eine Seele geblieben. Und als die Großmutter

Braut wurde, da wusste die Freundin haarklein, wie das gekommen war. Apollonia aber schien andersgeartet, die hatte von jeher wenig von Dingen gesprochen, die sie selbst etwas angingen, aber trotzdem zu jeder Zeit gehörig geplaudert, sodass niemand bemerkte, wie sie sogar schweigsam war über das, worüber andere nicht müde werden zu reden. Auch die Großmutter hat sich nicht viel Gedanken darüber gemacht, dass die Freundin ihr das Vertrauen nicht wieder zurückgab, denn sie war mit ihrer eigenen Herzensangelegenheit über alle Maßen beschäftigt. – Apollonia war seltsam hübsch geworden, wie man es im Städtchen nicht zu sehen gewohnt war, und sie kleidete sich so zierlich wie ein Fräulein. Sie wusste auch von manchem, der ein Auge auf sie hatte, behandelte aber solch eine Angelegenheit gleichsam, als ginge es sie nichts an. – Sie machte sich nicht viel daraus, wenn ein dummer Junge sich in sie vergafft hatte, aber für die Großmutter mit ihrem Schatz hatte sie ein warmes Herz. Und mit niemand soll es sich so vertraulich haben schwatzen lassen wie mit Apollonia; eben darum, weil sie hübsch zuhörte. ›Was du für ein närrisches Mädel bist!‹ so etwas hat die Großmutter wahrscheinlich zu ihr gesagt, als Apollonia wieder einmal über einen annehmbaren Anbeter kein Wesen machte. Darauf hat ihre arme Freundin erwidert: ›Wenn der kommt, der für mich ist, den werde ich schon lieben.‹; das wäre das einzige Mal gewesen, dass sie von ihrem Zukünftigen gesprochen hat; und die anderen Mädel reden davon, so oft sie nur können. – So war es gekommen, dass die Großmutter gar nicht mehr daran dachte, dass ihre hübsche Apollonia auch ein Herz für sich habe.

Einmal gingen sie wieder miteinander zur Stadt hinaus. Es war der schönste Frühlingsabend, und in den Gärten duftete die frische Erde, das junge Grün und die Aurikeln blühten. Als die Mädchen in des Oheims Garten traten, der weit vor dem Johannistor lag, da hatten sie ihre Freude an dem Tulpenbeete. Die Großmutter war seit Wochen, nach langen Sorgen, endlich Braut geworden, und ihr erschien die Welt ganz wunderschön. Sie stand vor dem Tulpenbeet und sah, wie die bunten Tulpen mit den Köpfen nickten, weil der Wind ein wenig über sie hinging; du weißt doch, wie sie es dann an sich haben?«, fragte die Machlett! und fuhr fort: »Die Apollonia hatte sie ganz vergessen. Die kniete am Weg und hielt ein zartes rosa Tulpenköpfchen wie einen Vogel zwischen den Händen und sagte mit einem ganz eigentümlich zärtlichen Tone so vor sich hin: ›Wollte Gott, die Liebe wäre sanfter!‹; so wunderlich soll sie das gesagt haben, dass die Großmutter erschrak und kaum wusste, wer gesprochen hatte. ›Was meinst du denn?‹; fragte die Großmutter. Da blickte Apollonia sie wie mit Glut übergossen an. Dann ließ sie ihre Tulpe aus den Händen fahren, dass der Stängel mit der Blüte auf- und niederschwankte, stand auf und stürzte auf die Großmutter zu, presste sie an sich – so ist es uns immer erzählt worden – und bedeckte sie mit Küssen. Das soll sie zuvor noch nie getan haben. Sie hatte der Großmutter bis dahin noch keinen Kuss gegeben und sagte jetzt: ›So küsst dich dein Schatz, Bärbchen!‹; und sie lachte und küsste wie toll, dass der Großmutter ganz verwirrt zumute geworden ist. Aber die wagte Apollonia nichts darüber zu sagen, weil sie nicht wusste, was sie davon halten sollte, und vergaß auch das wunderliche Benehmen von Apollonia gar bald. – Nun aber waren sie einmal miteinander zum Tanze gegangen; die Großmutter mit ihrem Bräutigam, und Apollonia hatten sie mitgenommen. Wie sie in den Tanzsaal getreten sind, da soll die Apollonia sich sehr umgeschaut und kein Sterbenswörtchen gesagt haben, sodass die Großmutter und der Bräutigam sie darüber zur Rede setzten. Noch ehe sie aber geendet, sei es wie ein Lichtstrahl über das Gesicht des Mädchens gegangen. Zur Türe herein sei ein Fremder gekommen, der schon seit einiger Zeit auf einem Gute in der Nähe der Stadt sich aufgehalten habe, und über den sie im Städtchen schon lange ihre Bemerkungen gemacht hatten. Der ist stracks auf Apollonia zugegangen und hat sie begrüßt, als hätten sie sich nicht zum ersten Male gesehen. ›Kennst du den?‹; hat die Großmutter ihr zugeflüstert. Da hat die Apollonia sie mit einem einzigen flehenden Blicke angesehen und ganz glückselig das Köpfchen geschüttelt. Sie haben an dem Abend auch nur ein einziges Mal miteinander getanzt. Natürlich aber hatten sich die Leute doch sehr darüber gewundert; denn alle kannten den fremden Herrn von Ansehen, wussten aber wenig Bestimmtes über ihn zu sagen und wollten nun von Apollonia alles Mögliche wissen. Er war nur kurze Zeit im Tanzsaale geblieben, sodass es den Anschein hatte, als wäre es ihm wirklich nur um den einen Tanz mit der Apollonia zu tun gewesen. Das setzte die Leute in nicht geringe Aufregung, und das arme Mädchen konnte sich kaum vor Fragen retten. Gegen einige alte Basen, die nicht müde werden wollten, herumzuschnüffeln und zu horchen, soll sie an dem Abend ganz ausbündig ungehörig geworden sein. Da hat es böses Blut gesetzt. Manche mochten schon längst einen Ärger auf das schöne Mädchen gehabt haben und gönnten ihm das gleichmütige Leben nicht, das es führte. Sie war eine arme Waise und wurde von ihrem Oheim gut gehalten, hatte ein besseres Aussehen als die anderen Bürgerstöchter und nahm sich auch gegen alle Welt in ihrer Munterkeit ziemlich viel heraus; weil sie es aber für gewöhnlich recht anmutig tat, ließ man es ihr so hingehen. Seit dem Tanzabend aber, an dem sie sich wichtig mit dem fremden Herrn getan hatte, saßen sie ihr mit einem Male aus lauter Ärger auf dem Nacken, sodass sie um ihren guten Namen hätte bald recht besorgt sein können, wenn ihr alles zu Ohren gekommen wäre, was um sie her geschwatzt wurde. Nun erinnere ich mich einer ganz rührenden Geschichte. Ich meine, die rührend ist, wenn man bedenkt, wie alles endete. – Die Großmutter kam eines Abends zu ihr in das Stübchen, um mit ihr über tausenderlei zu sprechen; denn die Großmutter war zu der Zeit gerade dabei, sich die Aussteuer zu schaffen. Apollonia hörte ihr still zu und lächelte manchmal ganz gedankenlos, statt zu antworten. ›Was hast du denn?‹ fragte die Großmutter. Da soll Apollonia sie mit einem unbeschreiblichen Blick angesehen haben. ›Du bekommst recht viel schöne Sachen‹, hat sie dann wie im Traume gesagt. Die Großmutter aber plauderte von ihren Angelegenheiten, von denen ihr Herz voll zu sein schien, weiter fort, sodass sie auf nichts anderes achtete. – So machen es die Bräute«, setzte die Machlett wieder erklärend hinzu.

»Apollonia war, während die Großmutter sprach, aufgestanden und neben ein kleines, niedriges Kommodchen getreten, in dem sie von Kindheit an ihr hübsches Allerlei aufbewahrt hatte. Und als die Großmutter fertig mit Erzählen war, da sagte Apollonia ganz zaghaft: ›Ich liebe das Kommodchen so sehr!‹; ›Warum?‹; fragte die Großmutter lachend und sah sich die Freundin ganz verwundert an. Da erwidert diese in ihrer alten, lustigen Weise: ›Weil etwas darinnen ist, was ich dir nicht und niemandem geben würde. Für alle deine feinen Sachen gäbe ich dir es nicht.‹; indem sie das sagte, hat sie sich hingekniet und soll das Kommodchen ganz sachte geküsst haben. Dann hat sie sich mit der Stirn darauf gestützt und an der blanken Seitenwand ist sie mit der Hand daran auf- und niedergefahren, als streichele sie es, so wie man einen Hund streichelt. Wahrscheinlich hat das arme Ding irgendein Ringlein oder sonst etwas von ihrem Liebsten darin gehabt. Die Großmutter erfuhr nie, was es gewesen, und hat die Apollonia noch am selben Abend sehr darum gequält, es ihr zu sagen. Die aber ließ sich kein Wörtchen weiter darüber entschlüpfen. – Als sie den Kopf, den sie auf das Kommodchen gestützt hatte, wieder in die Höhe hob, da sind ihr die Tränen über die Wangen gelaufen, und sie hat mit zitternder Stimme gesagt, als die Großmutter ganz bestürzt auf sie zugekommen: ›Das macht nichts. Zum Leben gehört ebenso viel Weinen wie Lachen.‹; dabei habe sie, noch immer kniend, die Hände wie zwei Waagschalen nebeneinander gehalten. Aber so gut war das Lachen und Weinen der armen Apollonia nicht zugemessen.«

Jetzt standen die Machlett und Valentin nahe vor dem Tore. Da blieb die alte Frau stehen, legte ihre Hand auf Valentins Schulter und sagte: »Du bist ein lieber Bursche, Valentin, und weißt nicht, wie böse es auf der Welt zugehen kann. So eine alte Schwatzliese, wie ich bin; was hast du mit der Apollonia zu tun? Der ging es so übel, wie es einem Weibe nur gehen konnte. Mitten in ihren jungen Jahren und in ihrer Schönheit tat sie, was vor der Welt ein großes Unrecht war, und musste es schwer büßen. Alles, was sie von Glück gehabt hatte, ging ihr deshalb verloren. Weil sie so allerliebst und lustig gewesen, war sie von jedermann verwöhnt worden. Dabei blieb es nicht; alles nahm ein böses Ende. Die Großmutter erzählte, wie an einem stürmischen Oktobertag die Leute vor das Johannistor gegangen wären. Sie sagte, dass es Ende Oktober gewesen sei, und auf dem steinernen Ding, das wir da oben auf dem Turme sahen, da musste an dem Tage die Apollonia für die Sünde, die sie getan hatte, stehen. Da, wo alles Gesindel seine Strafe abbüßte. Meine Großmutter hat sie dort gesehen. Die war damals gerade ganz jung verheiratet und sehr glücklich, und nie vergess' ich, wie sie uns erzählte, dass sie auch vor das Tor hinausgeschlichen sei, an den Häusern hin, und nicht um sich gesehen habe, weil sie vor Traurigkeit keiner Menschenseele hätte in die Augen schauen können, und wie sie draußen auf dem Platze alles still gefunden habe. Die Leute hatten sich um die Stunde schon verlaufen, der Regen wäre auch in Strömen herabgekommen, und der Herbstwind hätte gehörig geblasen, sodass sich niemand recht herausgewagt. Wie sie durch das Tor auf dem Johannisplatz angelangt ist, da haben nur aus den Fenstern der paar alten Häuser, die dem Tore gegenüberlagen und jetzt nicht mehr stehen, einige Leute geschaut. Und wie die Großmutter so weit vorgegangen ist, dass sie beim Umwenden die Apollonia hätte sehen können, so erzählte sie – und Gott verzeihe ihr die Sünde – jedes Mal mit denselben Worten: ›War es mir doch, als sähe ich den lieben Heiland am Kreuze hängen. Trauriger hätte es mir nicht zumute sein können, als wie ich die Apollonia gesehen, die ich als ein gutes sittsames Mädchen gekannt und die nun ein großes Anrecht getan hatte, dass sie so sehr dafür leiden musste. Sie lehnte ganz gerade an der Turmmauer, und die Arme hingen ihr herab. Der Sturmwind wehte eine Strähne von ihrem blonden, schönen Haar, so lang es war, an der Steinwand hin.‹; – die Apollonia soll sich nicht umgeblickt haben, als die Großmutter sie in ihrem großen Schmerze beim Namen rief. Sie hat nur in die dunklen Regenwolken gesehen, die der Sturmwind über die Stadt hintrieb.«

Die Frau Machlett schwieg und schob sich an ihrem Korbe, den sie beladen auf dem Rücken trug, etwas zurecht.

»Nun?«, fragte Valentin in Erwartung.

»Wart«, sagte die Alte, »ich könnte mir für meine Suppe heute Abend noch etwas mitnehmen. Da gehen wir gleich zu Ellmerichs hinüber. Siehst du, wie gut, dass ich daran denke.«

»Und Apollonia?«, fragte Valentin erregt.

»Von der«, fuhr sie beiläufig fort, »hat die Großmutter seitdem nichts mehr gehört. Sie ist aus der Stadt gezogen, und was aus ihr geworden ist, weiß niemand.« Nun kauften Valentin und seine Freundin miteinander das Häppchen ein, das die Alte zu ihrer Abendsuppe verwenden wollte. Die Kaufmannsfrau, die ihnen das Verlangte abmaß, erkundigte sich, wie es schien aus aller Gewohnheit, wie es mit dem Kopfreißen ihrer Kundin stehe, und ob die Mütze noch ihre Schuldigkeit tue. Sie fragte recht gutmütig, aber um die Mundwinkel zuckte es ihr verdächtig, und sie blickte eine muntere Dirne, die ihr zur Hand ging, verständnisvoll an.

»Ja, ja«, sagte die Machletten und drohte dem jungen Weibe mit dem Finger. »Lachen Sie nur. Wenn es in Jahr und Tag einmal über Sie kommt, will ich wünschen, dass sich für Sie so eine Mütze findet, die für den Schaden gut ist.«

Da lachten beide Frauenzimmer, als gäbe es für sie keine Leiden auf der Welt. –

»Ja, ja«, brummte die Alte noch einmal, nahm ihr Päckchen vom Ladentische und ging mit Valentin ihres Weges.

So wurde durch die Erzählungen seiner alten Gönnerin in Valentin vor allem andern der Sinn für alle Begebenheiten geweckt. Das war ganz das Rechte für den Träumer, und das Schicksal schien es darauf abgesehen zu haben, die Natur unseres Helden so zu entwickeln, als wüchse er im goldenen Zeitalter auf, in dem die Fähigkeiten nicht nötig hatten, das Zeichen der Dienstbarkeit an sich zu tragen und sich zum göttlichen Spielwerk der Geschöpfe, über welche sie gekommen waren, entwickeln konnten. Was sollte in unserer Zeit, in der alles zur Ausbeutung gebracht werden muss, Valentin mit dem Trieb, sich in Vergangenes zu versenken, anfangen, da ihm das Geld fehlte, auf den Professor der Geschichte und der Archäologie hin zu studieren? Außerdem ist es für den nutzbringenden Menschen durchaus nicht vorteilhaft, sich gerade der einen der drei Zeiten hinzugeben, in der schon alles abgetan ist, in deren Gebiet es wenig zu verdienen gibt; es sei denn, wie gesagt, dass ein Forscher von Profession sich darin umhertriebe.

Valentin aber kümmerte sich nicht viel darum, wie er die Tage verbrachte, und hatte seine Freude daran und ein wohltätiges, unnennbares Gefühl, wenn er vielleicht über einen alten, in einer Mauer verrosteten Haken die Fantasie sich ergehen lassen konnte. Er wurde dann nicht müde sich vorzustellen, unter was für Umständen der Haken eingeschlagen sei, was einst wohl daran gehängt haben mochte, und beschwerte ihn im Geiste mit den wunderlichsten Dingen. Mit geheimnisvollen Säcken, die von unbestimmbaren Gestalten hart in Gebrauch gesetzt waren; Schinken aus längstvergangenen Jahrhunderten sah er fremdartig und ehrwürdig daran baumeln. Dann wieder ließ er eine Lanze mit dicker, verblichener, roter Quaste an das eingerammte Eisenwerk lehnen und sah närrisch abenteuerliche Röcke und Wamse hängen. Was für Menschen mit dem alten Haken in Verbindung gestanden, wie deren Aussehen war, was sie geredet hatten, beunruhigte und erregte auch seine Neugierde. Ein wehmütiges, unheimliches Gefühl beschlich ihn, wenn er sich von der Natur des Hakens vollkommen überzeugt und ihn als außerordentlich alt befunden hatte.

Das Johannistor, das mit der Valentin so dumpf unverständlichen Geschichte der Apollonia in einem düsteren Zusammenhange stand, wurde für den Knaben von nun an der bevorzugte Schauplatz seiner Träumereien. Dem Hange zu solchem unnützen, geistigen Getue gab er so nach, dass er sich ein paar Male des Abends aufmachte und vor das Tor hinausschlenderte, sich draußen ganz behaglich auf eine hervorspringende Wurzel der schönen, volllaubigen Pappel setzte, die in der Nähe des Tores gerade und steif in die Höhe gewachsen war. Er lehnte sich hübsch bequem an den Stamm und vergnügte sich damit, seinen fantastischen Kopf mit aller Gewalt anzustrengen, bis er die Apollonia auf dem Altan zu sehen vermeinte, so deutlich, dass ihm fast davor graute, wie ihr der Strähn Haare im Winde an der Mauer hinwehte. Leibhaftig stand sie ihm vor der Seele, und der närrische Kerl fühlte sein Herz bei diesem geistigen Anblick erwachen. Alles, was er von Schönheit und Liebreiz ahnte, das strömte ihm die Gestalt der Apollonia aus.

So wenig ihm die Machlett vom Schicksal und Wesen des vergessenen Mädchens auch mitgeteilt hatte, so stand die längst Entronnene doch klarer vor der Seele des Knaben als irgendein lebendes Wesen. Er konnte sich von ihren Eigentümlichkeiten Rechenschaft geben, und an jedes Wort, an alle Andeutungen der Alten, die Apollonia betrafen, hielt er sich, als gälten sie einer geliebten Toten, die man mit Gewalt in seinem Innern am Leben halten möchte. Was ihn so unwiderstehlich zu dem Mädchen hinzog, war ihr schönes Lachen, das grell ihrem düstern Schicksale gegenüberstand. Ihre Schalkhaftigkeit, deren die Machlett kaum Erwähnung getan, und die er fast erraten und durchgefühlt hatte, entzückte ihn und flößte ihm zu gleicher Zeit Grauen ein. Wie man nur das Bild seiner Allerschönsten im Herzen tragen kann, so beschäftigte er sich mit seinem wunderbaren Verhältnis zu dem vor ein paar Menschenaltern verkommenen und verstorbenen Mädchen. Ein paarmal gegen Abend trieb er es in seiner Träumerei so weit, dass er vor dem alten Hause in der Brüdergasse auf- und abwandelte und zu den

Fenstern ganz verstohlen hinaufschielte, als wäre er in Sorge, die Leute könnten ihm auf der Stirn sein sonderbares Beginnen ablesen. Kam einer an ihm vorüber und blickte ihn, weil er von der großen Schönheit des Knaben betroffen war, scharf an, wurde Valentin rot bis unter die Stirnhaare. –

Wahrlich ein sehr verspäteter Liebhaber, der Liebhaber der hübschen Apollonia!

Allmählich war Valentin bei all seiner Träumerei zu einem jungen Burschen geworden, hatte die Schule mit ihren Mühen und Beschwerlichkeiten hinter sich und ging bei seinem Vater in die Lehre, ohne besondere Neigung zu dem Handwerke des Instrumentenmachers zu hegen. – Wie sich so etwas macht, der Alte hatte es gewollt, denn ihm schien es rätlich, dass der Sohn das Geschäft einst übernehme, und Valentin hatte sich ohne Widerstreben in des Vaters Willen gefügt. Das was er sein Lebtag mit den gleichgültigsten Empfindungen unter seinen Augen hatte entstehen sehen, war nun seine Lebensbeschäftigung geworden. In demselben Raume, in dem Valentin, solange er denken konnte, den Vater hatte Geigen fertigen lassen, ohne sich darum zu kümmern, musste er nun an demselben Arbeitstische sitzen, an dem sein Vater sein Lebtag gesessen halte, und er kam so unbewandert mit den erforderlichen Kunstgriffen des Handwerks daran, als hätte er noch nie in die Instrumentenmachers-Werkstatt einen Blick getan.

Von früh bis abends musste er tüchtig daran und tat es ohne Murren und ohne Freude. Der Vater hatte, um den Wohlklang seiner Instrumente zu prüfen, ein einziges Stücklein im Kopfe, das spielte und blies er jahraus, jahrein nun schon auf einer guten Anzahl Geigen und Waldhörner. Die eine Weise genügte dem Alten vollkommen, und nie hatte er das Bedürfnis gehabt, vielleicht der lieben Abwechslung halber auf eine neue zu geraten. Jetzt nahm er sich vor, besagtes wohlbewährtes Stücklein, sobald es sich tun ließe, dem Lehrling auch einzuüben.

Valentin war eifrig bei der Arbeit, denn nichts lenkte ihn so recht davon ab. Seine Träumereien und Fantastereien vergnügten ihn auch jetzt nicht, denn von der arbeitsvollen Gegenwart war er mühselig benommen, sodass seine schöne Jugend sich ihrer selbst kaum bewusst wurde. Ein Tag nach dem andern verging, ohne dass etwas Auffälliges für ihn auf dem Kannerückchen oder in der Werkstatt geschah. Vater und Sohn saßen sich gegenüber und arbeiteten ernsthaft und langweilig.

An einem schönen Sommertage da zog der Lehrling seinen Feiertagsrock an und ging hinaus vor die Stadt durch das Johannistor, ohne an vergangene geheimnisvolle Schwärmereien zu denken. Zu einem Kameraden hatte er es noch immer nicht gebracht, und seine Altersgenossen vom Kannerückchen waren nun allenthalben bei verschiedenen Meistern und Brotherren verstreut, sodass er die freien Stunden fast ausnahmslos in seiner eigenen Gesellschaft zubringen musste.

Als er vor die Stadt in das Freie hinausgekommen war, schlug er einen einsamen, schmalen Weg ein, der durch hohe Kornfelder führte. Hier ward er von niemandem gestört, denn alle übrigen gingen die große Straße. Jeder schien seine Freude daran zu haben, gesehen zu werden und die andern zu sehen. Valentin ließ den muntern Zug sonntäglich geputzter Leute abseits von sich bunt und geschwätzig nach Dörfern, Lustgärten und behaglichen Wirtshäusern strömen und ging still, von nichts Erfreulichem bewegt, durch die wogenden Kornfelder. Kein beseligendes Freiheitsgefühl überkam ihn; des Armen Blick war schon erweitert, und er fühlte die drückenden Fesseln, die ihm sein Lebtag nicht wieder abgenommen werden sollten, schwer auf sich lasten. Wenn er halb unbewusst auf seinem einsamen Gange an Zukünftiges dachte, so empfand, sah und hörte er nichts als Arbeit – Arbeit – Arbeit. Ihm war, als erfüllte dieser unselige Begriff die ganze Welt, und so rasch es sich tun ließ, dachte er nicht weiter, sondern schob mit seiner Schuhspitze einen rundlichen Stein trübselig vor sich hin; tat das aber mit einer gewissen Ausdauer und einem ganz gesunden Eifer, der darauf hindeutete, dass er vielleicht im Leben noch einmal gute Freundschaft mit jener auf der Menschheit liegenden, ihn jetzt bedrückenden Macht halten würde. – Die Sonne durchschien die weite Landschaft und erfreute alles, was auch nur einen Funken Leben in sich trug, und was eine Stimme, was nur ein Tönchen hatte, machte seinem Behagen Luft. Unendliches zirpte, sang, schwirrte in weitem Umkreis. Die Luft war von sanften Geräuschen belebt, alles ein lauter Ausdruck von Behagen, der die Welt von großer Anschuldigung zu entlasten sucht. – Unverständlich für Valentin verklang so tausendstimmiges Lob des Augenblickes, das Qual und Tod verbirgt: Aber unermüdlich singt und lobt es fort an jedem sonnigen Sommertage.

Der Weg führte nicht mehr durch Felder, sondern schlängelte sich in schmalen, lustigen Windungen in einen dämmerigen Buchenwald hinein. Die Sonne blitzte durch das dichte Blätterdach in das grüne Dunkel: feuchtwarm, von keinem Windzug bewegt, ruhte die Luft zwischen den hohen Stämmen. Unserem Helden wurde es in dem stillen Walde zum ersten Male wieder seit langer Zeit heimlich zumute. Er bog im Verlangen nach neuem Ungewohnten vom Pfade ab und ging leicht und wohlgemut querwaldein. Das braune, vorjährige Laub zu seinen Füßen rauschte bei jedem Schritte. Das leichte Unterholz streifte ihm Schulter und Haare, hier und da raschelte es, huschte am Boden hin; eine Eidechse, ein Schlänglein. Er lauschte, bog die Zweige auseinander und blickte wie beglückt in das grüne Gewirre hinein. Und weiter, immer weiter drang er in der schönen Einsamkeit vorwärts. Alles, was seine junge Seele bedrückte, war vergessen, von ihm abgespült, und er wurde wieder, unberührt von jeder alltäglichen Sorge, ein glückseliger, dummer Junge. Jetzt ging er einen Bach entlang, der in durchsichtigster Klarheit ganz sachte seines Weges floss. Valentin sah etwas wie einen Schatten über den Grund des Bächleins hinschießen. »Das mochte ein Forellchen sein«, dachte er und freute sich darüber. Der Bach, wenn er unter dichtem, verdecktem

Blätterwerk vorschimmerte, glänzte in tiefem Dunkel, und traf die Sonne seine bewegten Wellen, leuchtete es golden auf. Die feuchte Heiterkeit, die überfließende Frische, die alles in seiner Nähe ausströmte, als wäre hier die Wohltat Gottes ausgegossen, machte den jungen Valentin lebensfroh und jugendsicher. Er wurde nicht müde, an dem Bache hinzugehen, als wenn der schimmernde, grünfeuchte Rand kein Ende nehmen würde.

Wie ein Wunder lag mit einem Male ein kleiner, sanft leuchtender See vor ihm, den der freundliche Bach aus seinem Überflusse gebildet hatte: und wie ein Wunder lag er tief verborgen in weihevollster Einsamkeit. Valentin blickte träumend auf die kleine, unbewegliche Fläche. Dann lief er dem lockenden Elemente zu, bog sich zu ihm herab, um von seiner Klarheit zu schöpfen, und da, als er sich beugte, sah er seine Züge in dem dunkel-hellen Spiegel, kein Lüftchen und keine Welle regte sich, sodass sein Bild ihm in ruhigster Unbeweglichkeit entgegenstrahlte. Er tauchte seine Hand nicht in das Wasser, um sich den Anblick, in den er ganz versunken war, nicht zu zerstören. Der Hut lag neben ihm im Grase, und das Haar war ihm durch das Bücken tief in die Stirne herabgefallen. Jetzt bewegte ihn ein lockendes Sehnen, sich näher mit dem schönen Elemente zu befreunden. Er streckte sich, legte sich der Länge nach am Ufer hin, bog den Kopf sachte tiefer, immer tiefer zu seinem eigenen Antlitz, das von dem Wasser aus zu ihm herausschaute, nieder, bis seine Lippen die kühle Flut berührten. Das schöne Bild zerrann, löste sich in krausen Wellenzügen, und er trank zur innersten Erquickung unmittelbar aus dem großen, ausgegossenen Reichtum. – Nun erhob er sich, strich sich das Haar zurück und stand einen Augenblick ruhig von einem Gedanken beseligt. – Dann in glückseliger Laune, voller Lust und übereile zog er seinen Rock aus, seine Kleider, blickte sich scheu um und setzte den Fuß entzückt und behutsam in die sanfte Flut, die nahe am Ufer klar und flach ihren Spiegel dehnte. Den anderen Fuß noch auf trockenem Boden, den Oberkörper vorgebogen, die Arme ausgestreckt, stand er da, als strebe er über dem Wasser schon der dunklen Tiefe zu. Wie eine Erscheinung sah er seine ganze Gestalt schimmernd aus dem Wasserglanze tauchen. Er staunte und erschien sich selbst fremd, rätselhaft leuchteten ihm die Glieder entgegen, rätselhaft schien ihm mit einem Male alles um ihn her zu werden. Die Bäume, die sich mit ihm im Wasser spiegelten, der blaue Himmel, über welchem weißes Gewölk hinzog und dessen Abbild aus dem Wasserspiegel wieder aufwärts strahlte. Unbewusst fühlte Valentin, je länger er blickte, sich mit der ihn umgebenden Natur harmonisch vereint. Er fühlte sich so wert zu leben, wusste nichts Böses, Elendes von sich, hatte seine arbeitsvolle Armut vergessen und sah nur die schöne Gestalt aus dem Wasser leuchten, mit Himmelsgewölk und sich spiegelnden, frisch grünen Laubmassen wunderbar verbunden. Das war innerste Freude, die ihn durchzuckte und die ihn nicht mehr in seiner ruhigen Stellung verharren ließ, die ihn zwang, das Bild, das ihn beglückte, selbst zu zerstören. – Er bog sich zurück und im Augenblick darauf bewegte er sich voller Lebhaftigkeit in der Flut.

So wenig Pflanzen und freie Tiere Geschöpfe ihrer Zeit sind, der Zeit, in der sie zum Entstehen, zum Wachsen und Welken kommen, sondern scheinbar unbehelligt von den Jahrhunderten sich in ihren Eigentümlichkeiten fortpflanzen und sich selbst von Generation zu Generation treu bleiben, so wenig war Valentin in dieser Stunde ein Mensch seiner Zeit. Als der Knabe die Kleider abgelegt hatte, die seiner Erscheinung den Stempel des Jahrzehntes, das ihm dazu verhalf, von der Kindheit zur Jugend zu wachsen, aufdrückten, war er in seinem Empfinden, seiner Gestalt rein von allen Einflüssen der Zeit, – rein und unbehelligt wie die schöne Buche, die am Ufer des Wasserbeckens emporstrebte, und er genoss seine augenblickliche Zeitlosigkeit, wie es wohl selten einem Menschen, einem Gotte ewig vergönnt sein mag.

Als Valentin wieder aus dem reinen Elemente gestiegen und kühl und frisch in die Kleider geschlüpft war, schlenderte er seines Weges weiter in angenehmster Ruhe und Gedankenlosigkeit. Ungefähr ahnte er das Ziel, dem er entgegenstrebte, wusste aber nicht genau, an welcher Stelle er aus dem Walde wieder herauskommen würde; und das war ihm recht so. Wie er nun weiter ging und aus dem Waldesdickicht wieder auf einen betretenen Pfad kam, erkannte er ihn als den, der zu einem beliebten Vergnügungsorte führte. Das war ihm wieder recht, denn ihn hungerte nach dem schönen Bade, und er hoffte, am Ende des Weges eine Stärkung zu erlangen. So ging er wohlgemut vorwärts. – Als er nach dem im Walde liegenden Wirtshause kam, sah er, dass es viele aus dem Städtchen heute dahin gezogen hatte. Auf Bänken, die unter Bäumen verstreut eingerammt waren, saßen die Leute im schönen Sonntagsputz. Die Abendsonne leuchtete in hellen Lichtern durch die Zweige, schimmerte den Gästen zu Füßen, blitzte auf ihren Gläsern und berührte ihren schwerfälligen Staat, dass es wie goldene Funken darauf tanzte. An einem Tische unter den Fenstern des Wirtshauses saßen Musikanten, ungarische Leute, die hatten hübsche, braune Gesichter und trugen Schnürenröcke. Es waren lauter Geiger und schienen vor nicht langem ihr Stück beendet zu haben. Valentin setzte sich an ein Tischchen unter einer Buche in der Nähe der Musikanten. Er ließ sich Brot und Bier geben und fühlte sich behaglich, und als noch die Geiger die ersten Striche taten, meinte er, dass er es sich nicht besser hätte wünschen können. Zuerst betrachtete er sich bei den Klängen der Musik die Leute, die um ihn her saßen, und brockte mit großem Appetite das Brot und trank nach jedem Bisse bedächtig. Als er wieder einmal die Reihe um mit seinen Betrachtungen gekommen war, blieben seine Blicke an den Musikanten haften, die mit Feuer und Sicherheit ihre Instrumente handhabten. Ein Kerl unter ihnen spielte temperamentvoll. Er stand an den Tisch gelehnt mit übereinandergeschlagenen Beinen und geigte, wie man es nur haben wollte, so leicht, als würden ihm die Hände ohne sein Zutun vom Winde bewegt.

Dass es dergleichen auf Erden gibt, dachte Valentin, sperrte Ohren und Augen auf und verwunderte sich, was aus so einer Violine sich machen ließ.

Wie er so da saß und sich von dem prächtigen Menschen vorgeigen ließ, da regte sich zum ersten Male in ihm ein heftiges Verlangen, ein stürmisches Streben und zugleich eine große Unzufriedenheit mit sich selbst; der Drang, seine eigene Persönlichkeit vor anderen hervortreten zu lassen und ihr größeren Wert zu verleihen. Mitten in der Bewunderung für den Geiger stieg in ihm ganz naiv der Neid auf. Er gönnte es dem Kerle nicht, dass dieser so ruhig und siegesgewiss an dem Tisch lehnte und seinen Bogen führte: dass aller Augen auf ihn gerichtet waren und er selbst unbeachtet und einsam im Winkel saß. Vor einer kurzen Meile noch hatte er seine Freude an sich selbst gehabt und war innerlichst wie ein Kind beglückt gewesen, und nun kam er sich mit einem Male erbärmlich arm gegen den flotten Musikanten vor. Wie viel begehrenswerter erschien ihm dessen Los als das seinige, gebannt blickte er auf ihn, hielt sein Bierglas vor sich in der Hand, ohne gleich wieder einen Schluck daraus zu tun, und beobachtete ganz versunken das Hin und Her des Fiedelbogens.

Warum sollte sich das nicht lernen lassen, dachte er, und mit diesem Gedanken fuhr es wie neues Leben in ihn. Es erschien ihm seiner würdig, wenn er sich solcher verlockenden Beschäftigung hingäbe, und es stand in ihm fest, Geiger zu werden. Die Instrumente hatte er ja zur Auswahl im Hause. Schon sah er sich im Geiste am Platze des beneideten Mannes, aller Augen waren auf ihn gerichtet, und seine Finger verrichteten Wunderdinge, dass ihm selbst Hören und Sehen verging. So sah er in dem Musikanten ein Weilchen sich selbst und konnte ihn daher mit scheinbar ganz objektiver Freude beobachten und beurteilen.

Als er sich wieder auf den Heimweg machte, war schon ein hübscher Tatendrang über ihn gekommen. Leicht und unternehmend ging er dem Städtchen wieder zu, und in seinem Hirne spukte Mögliches und Unmögliches in wunderlicher Vereinigung. Ganz befriedigt und ruhig war er, als er bemerkte, dass er im Herzen, ehe er noch das Tor erreicht, das langweilige Handwerk guter Dinge aufgegeben hatte, um etwas für ihn Würdigeres, etwas Schöneres zu ergreifen.

Ehe er schlafen ging, leuchtete er noch einmal in die Werkstatt und schaute sich die Geigen, die am wohlverwahrten Fenster hingen, spöttisch lächelnd an. Auf eine bestimmte schien er es abgesehen zu haben: die nahm er vom Haken, klimperte ein wenig auf den Saiten und entlockte ihr mit dem Daumennagel brummende, summende Töne, hielt die Geige dabei prüfend an das Ohr und klopfte dann mit wichtiger Miene auf den schön polierten Holzrücken, dass es leise dröhnte. –

»Was rumorst du noch? Was treibst du?«, rief der Vater aus der Nebenkammer. Als Valentin zu ihm hereinkam und sich auskleidete, sagte er trocken: »Vater, morgen dächte ich, könntest du mich dein Mantellied lehren.« – Das war des alten Instrumentenmachers einziges Stücklein.

»Wollen sehen«, sagte der Alte und drehte sich in seinem Bette um, dass es krachte. – Valentin lag auch bald und schlief nach seinem langen Gange wie ein Murmeltier.

Am andern Tage gegen Abend, als er verdrossen hinter seine Arbeit gegangen war, nahm ihn der Alte vor, um ihn in die Geheimnisse seiner Geigenspielkunst einzuweihen. Er langte nach dem ersten besten Instrumente, stimmte es mit gelassener Miene, setzte sich auf die Ofenbank und begann zu spielen.

»Das war es«, sagte er, als er geendet hatte, und nickte Valentin mit einem Ausdruck zu, als hätte er zum ersten Male ein Wunder geleistet.

»Ja«, sagte Valentin, »das ist es«, und schaute einigermaßen bedenklich dazu.

»Nun wollen wir einmal versuchen«, begann der Vater. »Siehst du, so!« – Langsam berührte er die erste Saite, dann die nächste, nannte ihm die Bezeichnungen der Saiten, gab Valentin die Geige in die Hand und diktierte ihm die Noten, und der angehende Musikante fasste sich zusammen, biss die Zähne aufeinander und behielt am Ende der Unterrichtsstunde wirklich zwei Takte des Liedes im Kopf fand sich auch mit ihnen auf der Geige zurecht, worüber der Alte vergnügt schmunzelte. »Sieh, sieh, du wirst es schon lernen. Es ist ja keine Hexerei. Nun, morgen wollen wir weiter sehen.« Damit stand der Instrumentenmacher auf, nahm seinen Ausgehrock vom Nagel, zündete sich die Pfeife an und ging bedächtig, und zufrieden nach einer alten, gemütlichen Kneipe, in der er schon lange als Stammgast angesehen und behandelt wurde. Valentin blieb mit seiner Geige zurück und kratzte die zwei Takte unermüdlich herunter, trat bei jedem Strich derb mit dem Fuße auf und vollführte einen gehörigen Lärm. Jetzt kam er auf die kühne Idee, einen weiteren Takt des Liedes selbst zu suchen. Er summte die Melodie, so gut sie ihm im Gedächtnisse hängen geblieben war, vor sich hin und wiederholte mit tiefstem Gefühle die nächsten Töne, welche auf die ihm nun wohlbekannten Takte folgen mussten, und war in seiner Bestrebung unermüdlich. Wie er aber auch auf den Saiten mit seinem Bogen herumfingerte, wollte es ihm doch nicht recht glücken. »So, das geht nicht von selbst«, sagte er ganz außer Atem. Nun wollte er sich wieder an den Anfang machen, den er bei seinem Weiterbringen zu üben versäumt hatte. Wie er aber den Schaden bei Lichte besah, hatte er das Erste wieder vergessen. »Wie war das?«, murmelte er, ließ die Arme mitsamt Violine und Bogen an den Seiten herabhängen und summte unaufhörlich die gute Melodie vor sich hin, hielt den Bogen bereit, um bei der ersten Eingebung mit seinen Takten wieder anzufangen. Hin und wieder war es auch, als wollte er sie erwischen, aber unversehens zerstoben sie ihm jedes Mal wesenlos unter den Händen. – Das hielt ihn aber nicht ab, zum ersten Male in seinem Leben trotz Mühe und Not bei der Sache zu bleiben. »Was mag der Instrumentenmacher heute haben?«, sagte Rosina Degele, die wie schon erwähnt, über dem Laden wohnte, zu ihrer Schwester. »Heute scheint ihm das Mantellied nicht zu gelingen. Wie lange er schon daran herumgeigt? Sonst ging es doch immer.« Rosina schloss ihr Fenster, um das Gekratze nicht mit anhören zu müssen, zündete die Lampe an und setzte sich mit ihrer Arbeit der Schwester gegenüber.

Als Valentin im Laden noch eine gute Weile in den Saiten herumgewirtschaftet hatte, ging er ziemlich missmutig die kleine Treppe vom Kannerückchen hinab, schlenderte über den Platz und in die Stadt hinein.

Es war ihm klar geworden, wie wenig ihn das Instrumentenhandwerk lockte: und dass es mit dem Geigenspiel auch seinen Haken haben mochte, das schien ihm auch sicher zu sein. Bei dem Anblick des Musikanten hatte er das richtige Gefühl gehabt, als wäre diesem seine Kunstfertigkeit nur so zugeflogen; und dass bei ihm die Sache nicht recht im Gange sein mochte, ahnte er.

Am andern Morgen passte er wie ein Heftelmacher auf, als der Vater ihm auf sein Verlangen wieder das Mantellied vorgeigte. Das Glück war ihm hold, die entwischten Takte kamen ihm unversehens wieder in die Finger, und in seiner Lehrstunde konnte er sie mit größter Ruhe seinem Meister vorspielen. Dieser schien damit zufrieden zu sein, es aber auch nicht anders erwartet zu haben: Er lehrte ihn ein paar weitere Takte, und Valentin übte, dass ihm die Schweißtropfen auf der Stirn standen. »Was fällt dir denn ein?«, sagte der Vater. »Damit hat es ja keine Eile, du wetzest ja wie ein Messerschmied. Lass es nur sein; es ist nicht mehr zum Anhören.« Valentin legte seine Geige trübselig beiseite und hockte sich auf der Ofenbank zurecht, als wollte er es sich in seiner Langeweile wenigstens bequem machen. – Aber Tag für Tag, jede freie Stunde, und sowie der Vater zum Hause hinaus war, ging er wieder an die Geige. Das Lied konnte er nach langen Beschwerlichkeiten endlich und halte sich über ein altes Notenheft, das in des Instrumentenmachers Besitz war, hergemacht.

Die beiden Jungfern Rosina und Jette Degele gerieten über die Kunstbestrebung des jungen Lehrlings in Verzweiflung. Da sie Valentin so nicht recht grün waren, kamen sie über sein bisschen Geigenspiel in großen Ärger. Wenn sie ihm im Hause und auf dem Kannerückchen begegneten, dankten sie ihm kaum, wenn er grüßte, und sagten zueinander: »Weshalb lernt er, wenn es doch nicht gehen will, mehr als er braucht. Ist der Vater mit dem einen Dinge ausgekommen, weshalb muss der Grünschnabel sich über mehr machen wollen!« Valentin war es bei seinem Geigenspiel nicht gerade leicht ums Herz. Mit Angst und Anstrengung starrte er, wenn er beim Üben war, auf die Noten, biss sich, um ein paar Takte ununterbrochen spielen zu können, auf die Lippen und wurde ganz erregt von der Qual.

Der Vater erließ ihm kein Viertelstündchen von der alltäglichen Arbeitszeit, und diese verging ihm unendlich langsam und schwerfällig. Er hasste die gewohnten Wände, den Blick durch das Fenster auf den Platz mit den verkrüppelten Eichen, die heisere Stimme des Vaters und alles, was ihn, solange er denken konnte, umgab. Er sehnte sich hinauszukommen in die Welt und hoffte, es sollte ihm vielleicht das Geigenspiel dazu verhelfen.

Eines Abends, es mochte schon gegen zehn Uhr sein, der Instrumentenmacher war ausgegangen, und Valentin stand bei seinem flackernden Öllämpchen und hatte seine liebe Not mit der Geige, da konnten es Jette und Rosina Degele nicht mehr ertragen. Rosina hatte es diesen Abend gelüstet, das Klavier aufzuklappen und etwas Erbauliches darauf vorzutragen. Der Sohn des Hauses aber ließ seine Violine so erbärmlich hinauf winseln, dass sie sich nicht mit den Noten hatte zurechtfinden können und von ihrer Herzensergießung absehen musste. – Wie sich die beiden nun ärgerlich mit der Arbeit wieder gegenübersaßen und die durchdringenden Töne trotz der späten Abendstunde sich nicht beruhigen wollten, nahm Jette aufgeregt und unternehmend das Licht und sagte zu ihrer Schwester: »Du, jetzt gehe ich hinunter. Das halte einer länger aus. Der schöne Laffe da unten bringt uns noch um die Nachtruhe.« Indem sie das sagte, war sie schon zur Tür hinaus.

Rosina, die sanftere von beiden, schlich der Schwester zaghaft nach. Jette aber ging hastig die winkelige Stiege hinab, dass sie die Hand vor das Licht hallen musste, sonst wäre es ihr verlöscht. Sie klopfte an die Türe, die zu des Instrumentenmachers Lädchen führte, öffnete, ohne Antwort abzuwarten, und trat ein. – Da stand Valentin schön und rührend, das Ideal eines Geigenspielers. Seine Noten lagen vor ihm auf dem Tische, und er beugte sich etwas darüber, sodass sein Gesicht von der Flamme des Öllämpchens bestrahlt war, die seinen Eifer, das innige Bestreben, welches in seinen Zügen ausgeprägt war, in das rechte Licht setzte. Er hatte nicht darauf geachtet, dass sich die Tür öffnete, fuhr zusammen und hielt mitten in einem lang gezogenen Ton inne, als Jette über die Schwelle trat und ihn unumwunden anredete: »Sagen Sie, Valentin, was soll das heißen? Was fällt Ihnen ein, und nicht etwa einmal, nein, alle Tage, jeden Tag, und gar bis tief in die Nacht hinein, dass das ganze Kannerückchen rebellisch wird. Wie kann der Vater Ihnen das nur zulassen? Ich wollte sagen, wenn dieser Übelstand nicht abgestellt wird, so ziehen wir aus; das erzählen Sie Ihrem Vater!« – Rosina zupfte die Schwester sachte am Rocke. Sie kannte Jette und wusste, dass diese leicht zornig wurde.

Valentin erwiderte kein Wort, sondern starrte auf die kleine, zanksüchtige Jungfer, die ihn aus seinen Hoffnungen und Luftschlössern zu reißen bemüht war.

»Klingt es so sehr schlecht?«, fragte er endlich kleinlaut.

Da lachten die beiden Degeles: »Ja! Du lieber Gott, hat der denn keine Ohren?«

»Sie verstehen von Musik wirklich nichts«, warf Rosina schüchtern dazwischen.

»Was? Nichts soll er verstehen?«, fuhr Jette zu Rosina gewendet wieder auf und redete sich von neuem in Ärger hinein. »Gar nichts versteht er. Was bilden Sie sich denn ein?

Glauben Sie, man ließe sich das von Ihnen gefallen, etwa weil Sie für einen Burschen so albern schön sind? Dass Sie sich nicht etwa darauf etwas einbilden!« Rosina nahm die Schwester, von der sie wusste, dass sie von jeher eine starke Abneigung gegen Valentin gehabt hatte, bei der Hand, um sie aus dem Zimmer zu ziehen.

»Ja, ja! Ich gehe schon«, polterte Jette; aber als die Schwestern aus dem Zimmer wollten, um den ganz zerknirschten Valentin wieder loszulassen, da bemerkten sie, dass sie ihren Zank bei offener Haustüre gehalten und Zuhörer hatten. Der Besitzer des Gärtchens auf dem Kannerückchen war beim Heimgehen an des Instrumentenmachers Haus vorübergekommen und, weil er darin lautes Reden hörte, war er stehen geblieben, um zu lauschen. Da hatten sich auch noch ein paar Nachbarsleute zu ihm gefunden, und so war die Szene zwischen den beiden Jungfern und Valentin nicht ohne Zeugen geblieben. Die vor der Tür hatten bald begriffen, um was es sich handelte, und ohne Ausnahme Jettens Partei ergriffen. Als die Schwestern aus dem Laden traten und Rosina noch die Türklinke in der Hand hielt, wurden sie von dem alten Gartenbesitzer um ihrer Angelegenheit willen begrüßt: »Was hat denn der Mosje für ein Gesicht dazu gemacht; es war ihm wohl nicht ganz genehm?«

»Was wird er für ein Gesicht gemacht haben?«, wiederholte Jette erregt: »Mit seiner Vornehmtuerei hat er es gehalten. Kein Wort war aus ihm herauszubringen, wie ein Graf stand er da.«

Wie wenig ahnte die gute Jette, was in dem gedemütigten Herzen des armen, schönen Tropfes vorging, der in diesem Augenblicke in seiner Wertlosigkeit versank!

Sie wollte gerade noch weiter ihrem Herzen Luft machen, da kam auch schon der Instrumentenmacher nach Hause zurück und schien ganz bestürzt, noch so viele Leute in seinem Hausflur zu treffen.

»Du guter Gott!«, rief er. »Da ist ein Unglück geschehen!«

»Was gar, ein Unglück!«, rief Jette resolut, »das fehlte noch. Ausziehen wollen wir, wenn es hier unten mit der Geigenspielerei nicht bald ein Ende nimmt.«

»Wo ist Valentin?«, fragte der Instrumentenmacher noch immer geängstigt.

»Mit Valentin hat es nichts auf sich, der ist drinnen«, beschwichtigte ihn Rosina.

Der Alte trat hinein in das Lädchen und sah seinen Sohn am Ofen stehen. Er blickte nicht auf und rührte sich nicht. Wie tief gebeugt starrte er vor sich hin.

»Nun, Valentin?«, fragte der Vater, erhielt aber keine Antwort.

Jette, Rosina, der Nachbar waren dem Instrumentenmacher wieder mit in das Stübchen gefolgt, und noch ein paar Gestalten drängten sich in die enge Türe so halbwegs auch mit hinein.

»Hat er denn so viel gespielt? Ich dächte gar nicht?«, sagte der arme Alte.

»Ihr müsst doch keine Ohren haben!«, fuhr Jette wieder neu aufgeregt fort.

»Du lieber Gott!«, warf der Instrumentenmacher bescheidentlich ein, »ich meine, dass das bisschen Geigenspiel, auch wenn es nicht sehr schön ist, dem armen Burschen doch zu gönnen wäre. Er hat doch außerdem keinen Spaß und niemand kümmert sich um meinen guten Kerl.«

Valentin blickte erstaunt und eigen bewegt auf, als er den Vater in der Erregung so liebevoll reden hörte. – Der Instrumentenmacher hatte es nie sehr mit dem Aussprechen seiner Gefühle gehalten. – Jetzt traten in Valentins Augen durch diese neue Bewegung seines Gemütes Tränen, und unverwandt blickte er auf seinen Vater.

Da trat einer von denen, die durch die Türe schauten, hervor und sagte: »Nun, Meister Bärlein, was braucht Euer Valentin Besonderes zu haben, lasst ihn tüchtig arbeiten, dann hat er seinen Spaß, wenn Ruhezeit ist. Was denkt Ihr denn, was wir unseren Söhnen für Herrlichkeiten auftischen? Ja, da hat sich was! Oder meint Ihr, wegen der schönen Larve müsste er etwas ganz Apartes vorgesetzt bekommen?«

In diesem Tone ging es noch ein gutes Weilchen fort. Jeder bestrebte sich, seiner Bitterkeit gegen Valentins unnötige Schönheit, wie sie sie titulierten und hinter der sie allerlei Böswilligkeit, Überhebung und Hang zum Wohlleben vermuteten, Luft zu machen. Jeder legte bei dieser Gelegenheit seine Abneigung gegen ihn klar an den Tag, als sollte Examen darüber gehalten werden. Sie trieben es in ihrem Eifer so weit, dass sie Valentins Aussehen dem guten Instrumentenmacher als Strafe Gottes darstellten. Ihre wunderliche Ansicht begründeten sie dadurch, dass sie meinten, es sei nicht gut, wenn das Äußere zum Stande nicht passe. So einem feinen Junker, wie der Valentin einen vorstellen wolle, könnte man im Voraus nicht rechtes Zutrauen schenken; und was sie dergleichen darüber zu sagen hatten. Kurz, es wurde Valentin an diesem Abende klar, dass er wenig Liebe auf dem Kannerücken erfahren hatte, und dass seine unschuldige Person allen ein Anstoß sei. Jeder, als hätten sie sich verabredet, hatte dieselbe Meinung gegen ihn gefasst, und alles, was sie über ihn vorbrachten, artete zu guter Letzt in dieselbe Spitze aus.

Als die beiden Instrumentenmacher wieder Herren ihres Lädchens geworden waren und die Haustüre geschlossen hatten, da schauten sie sich verworren an, und der Alte sagte: »Du, mit dem Geigenspielen ist es nun nichts mehr. Bleib du beim Handwerk, Valentin, wir sitzen hier hübsch fest und haben unsere sichern Kunden.«

»Hier bleib' ich nicht!«, sagte Valentin trocken, ohne aufzublicken.

»Nur ruhig«, erwiderte der Alte; »natürlich bleibst du; warum solltest du nicht bleiben wollen?«

»Hier bleib' ich nicht!«, wiederholte Valentin.

»Torheit!«, sagte der Instrumentenmacher, klopfte ihm auf die Schulter und ging in seine Kammer.

Diese Nacht fand unser armer Bursche wenig Ruhe. Sie waren dabei gewesen, ihm sein gutes, zartes Herz zu verwunden, und bis jetzt hatte er noch nicht erfahren, wie wehe das tut. – Mit seinem Geigenspiel mochte es nun wohl aus sein, was aber beginnen. Um alles in der Welt wollte er nicht mehr auf dem Kannerückchen bleiben, wo sie ihm so böswillig mitgespielt hatten. Sein Sinn stand darauf, hinaus in die Welt zu gehen; aber wohin? Er stellte sich vor, dass unendlich viel Raum auf Erden sei, soviel, dass ihm davor schwindelte. –

Es waren seit jenem Abend drei Jahre vergangen, und Valentin verbrachte noch immer seine Tage auf dem Kannerückchen in des Vaters Werkstatt. Der Alte hatte ihn nicht fortgelassen, sondern darauf gedrungen, dass der Lehrling bei ihm zum Gesellen werde. Eine besonders große Arbeitskraft schien er nicht zu sein, er ging eben nur so knapp am Mittelmäßigen hin; aber der Vater dachte: Er wird sich schon durchhelfen. – Die Leute vom Kannerückchen behandelten ihn noch immer etwas von oben herab: die alte Machlett aber war ihm nach wie vor gut geblieben.

Valentin stand jetzt in seiner ganzen Schönheit, denn noch war sie von jugendlicher Zartheit überhaucht. Er versprach nicht das zu werden, was man einen schönen Mann, eine volle männliche Schönheit nennt. Die Natur seiner Schönheit schien dem Jünglingsalter anzugehören. Man konnte sich nicht recht vorstellen, wie seine reinen schlanken Formen sich einst vergröbern und verstärken würden. Es gibt Menschen, die für das Alter nicht bestimmt zu sein scheinen, deren Abweichung von der Jugend uns undenkbar ist; zu diesen gehörte Valentin, und eigen war es, dass ein so schöner Bursche ein so zurückgezogenes Leben führte. Ihm hatte nie ein Mädel aus seiner Heimatstadt besonders gefallen.

Und dann, wer weiß, trug Valentin ein Ideal weiblichen Liebreizes in sich. Jedenfalls hatte er sich Gedanken darüber gemacht, das verrät die Hingabe seiner ersten Jugend an das Bild der schönen Apollonia, das er fast leidenschaftlich in feste Züge umzuwandeln bestrebt gewesen war und das seinem Gemüt einen tiefen Eindruck gemacht hatte. Vielleicht war es die Vorstellung einer von dem Wachsen, Welken und Vergehen der Geschlechter längst überwucherten Gestalt, die noch in seinem Herzen lebte.

So war die Wanderzeit herangekommen, und weil es sein musste, schnürte er ganz ehrbar sein Bündel. Lieber wäre es ihm gewesen, er hätte sich bei Nacht und Nebel allen zum Possen davonschleichen können, so musste er fein manierlich bei den Nachbarn herumziehen, um Abschied zu nehmen, und hatte zum letzten Male die Freude, überall spitzige, spöttische Bemerkungen über seine Person, sein Handwerk, sein Reiseziel, seine Kleidung, den Schnitt seines Haares und so weiter einzustecken. Man fühlte sich veranlasst, ihm ganz unumwunden gute Lehren zu geben über alles und jedes. Sie stellten ihm mit ihren Ermahnungen ein Armutszeugnis über seine Eigenschaften aus, und mit Verdruss und ohne Bedauern wandte er dem Städtchen den Rücken; nur der Abschied von seinem alten Vater machte ihm ein Weilchen das Herz schwer. Sonst zog er freudiger erregt als gewöhnlich seines Weges.

Valentins Reiseziel war eine kleine, bayrische Stadt, in welcher ein vorzüglicher Instrumentenmachermeister lebte; der alte Bärlein wünschte, dass sein Sohn eine Zeit lang in dessen Werkstatt in Arbeit stehen sollte. Auf seiner Wanderung konnte er sich hübsch umsehen und sich da aufhalten, wo es ihm gut und vorteilhaft zu sein bedünkte. Der Vater hatte ihn mit Geld versehen, denn der Alte war auf seinem Kannerückchen, für die Begriffe der Nachbarsleute wenigstens, ein wohlhabender Mann, und er hatte es sich nicht nehmen lassen, seinen Sohn gut auszurüsten.

Dem war es ganz wunderlich zumute, die Welt offen vor sich liegen zu sehen und, wie es ihm schien, erfüllt von wünschenswerten Kräften, die das Leben angenehm und erfreulich machen: von Freundschaft, Liebe, Wohlwollen, von dem, wonach unser Held im Herzen Verlangen trug. Er zog aus, um sich sein Teil, das auf ihn kommen musste, selbst zu holen, da es lange ausgeblieben war. – Und als er sich überlegte, was er von aller Schönheit und Wunderbarlichkeit der Erde am liebsten sehen wollte, so war es das Meer und die neue Eisenbahn von Fürth nach Nürnberg, die sie gerade eröffnet hatten, und welche die Welt in Staunen und Erregung versetzte. Den Wunsch, dies neue Ding zu sehen, wurde ihm leicht zu befriedigen, da er auf seiner Reise die alte Stadt Nürnberg, ohne beträchtlich vom Ziele abzuweichen, berühren konnte. So zog er des Weges und sah das Wunder seiner Tage. Noch in größter Erregung ging er durch die ehrwürdigen Straßen Nürnbergs träumend und grübelnd. Nürnberg war ganz dazu angetan, dass er sich seiner Begabung, sich in Vergangenes zu versetzen, behäbig hingeben konnte. Wäre diese Begabung in glückliche Verbindung mit anderen Eigenschaften getreten, unser Freund würde hier zum schaffenden Menschen geworden sein. So aber ging er und starrte, und ließ sich von dem Geiste der grauen Gemäuer in den Jahrhunderten, die an diesen mit allen ihren Eigentümlichkeiten, ihren Bedeutungen, Narrheiten, ihren wechselnden Sitten, ihrem lachenden, längst verflossenen Sonnenschein, ihrem Grauen und den unbestimmbaren, lockenden Ereignissen vorübergezogen waren, umherhetzen und fühlte sich von solcher unlohnenden Jagd fast gepeinigt. Jeder Erker, jedes wunderliche Mäuerchen erregte ihn. Unaufhörlich ahnte er unbestimmte Dinge, die sich ihm nicht recht gestalten konnten. Um ihn schwirrten bedeutungsvolle, unverständliche Geräusche längst vergangener Zeiten. Alles, was er sah, strömte den kaum schimmernden Abglanz eines früheren wahren, gewaltigen Lebens aus. Valentin begriff kaum, dass es sich zeitgemäß geschäftig in den Straßen regte, dass die gegenwärtigen Menschen durch angeerbtes Tun und Treiben ihm am sichersten ein Bild von den entschwundenen geben konnten. Die alten Giebelhäuser schienen ihm vereinsamt; ein anderes Geschlecht, ehrbares und doch wesenloses Gesindel, in Schauben, pelzverbrämten Röcken und allerlei Anhängseln, belebte ihm geisterhaft die Kirchen und Plätze, die Brücken und Erker. Das war eine Gesellschaft, zu der sich Valentin unwiderstehlich hingezogen fühlte, mit der sich aber für ihn wenig machen ließ. Sie bewegte sich sinnlos verzerrt vor seinen Augen, und wollte er ja einmal fester auf sie schauen, zerrann, worauf sein Blick gefallen war.

So trug Valentin ein feindliches Element, das seine Ruhe und seine einfachen nützlichen Tugenden gefährdete, mit sich umher. Es hatte in seinem Kopfe arg gespukt. Die Kräfte, die in ihm erweckt werden konnten, waren in heftigster Bewegung, und es mochte nun die Zeit kommen, in der auch er erfuhr, was für ein närrisches Geschöpf das Ding sei, was wir Mensch nennen.

Die alten Leutchen

In Altweimar, in dumpfer, enger Gasse hing an einem altmodischen Haus, das längst nicht mehr steht, über einem Warengewölbe ein unscheinbares, blaues, verblichenes Ladenschild, darauf stand in schnörkelhafter Schrift: »Spezereiwaren-Handlung von Balduin Häberlein.« Das Lädchen hatte ein gedrücktes Bogenfenster, in dem die Herrlichkeiten, die feilgeboten wurden, auslagen, und vor dem Fenster war ein Brett angebracht, um mancherlei Lockspeise den Leuten vor die Nase zu setzen. Da prangte, je nach den Jahreszeiten, ein Körbchen zarten Gartensalates, ein appetitlich aufgeschnittener Käse, der unter seiner blanken Glasglocke einen gar erfreulichen Anblick bot; da lag ein starrer, feister Fisch, so recht der Länge nach; da stand ein hübsch Gerichtlein zarter Rüben, und gab es etwa nichts anderes des Frostes wegen, so hockten nebeneinander auf dem Brett weiße Leinwandsäcke voll Backobst, auserlesener Wachsbohnen und Erbsen. Es hatte alles ein solides Ansehen. Und das alte Gewölbe schien in gutem Rufe zu stehen, denn den Nachbarsleuten, die auf das Hin und Her vor den Fenstern achteten, waren es wohlbekannte Laute, wenn das helle Ladenglöckchen klang und wieder klang, und immer gab es für die müßigen Seelen etwas zu beobachten, wenn sie auf das Spezereigewölbe ihr Augenmerk richteten. Von früh bis zum Abend ging Mägdevolk ein und aus und Hausfrauen mit wichtiger Miene, denn es galt, durch guten Einkauf einen neuen Stein einzufügen zum Aufbau häuslicher Gedeihlichkeit und Behäbigkeit. Behäbigkeit! – wie behagt sie doch dem wunderlichen Ding, das sein abgesondertes Leben in uns führt, dem allerliebsten Tier im Menschen, das neben der mit ihm eingespannten Seele, unbekümmert darum, ob diese bedrückt mit ihm einherläuft, es sich wohl sein lässt bei gutem Futter und in angenehmer Wärme. Das allerliebste Tier im Menschen macht sich breit neben Hoffnungslosigkeit und bewegt sich bequem neben schmerzlicher Erstarrung. Weil es ihm gar zu wohl gefällt, hält es die matte Seele, die ihr Bestes verloren hat, ab, heimzukehren, täuscht seine Gefährtin um die Erkenntnis ihres Elends und bekehrt sie endlich ganz zu sich. Die fängt dann sachte an und ahmt ihm nach, freut sich mit ihm mitten in Trostlosigkeit über einen guten Schluck und Bissen zur rechten Zeit und ist gelehrig. Erst tut sie vornehm mit, kühl wie ein Fürst unter Bauersleuten, doch nicht lange, und sie ist von der gesunden Niedrigkeit, in der sie sich bewegt, durchdrungen. Da tritt an die Stelle einer verlorenen, höchsten Hoffnung, vielleicht für einen Augenblick erst nur, die Befriedigung, die eine behagliche Umgebung, eine Lieblingsspeise bietet, und dann währt es nicht allzu lange, dass die stolze, gekränkte Seele dumpf mit ihrem Tier zusammenhockt, und alles, was ihr einst eine übermenschliche Qual erschien, hat sich unmerklich nach und nach in sanftes Wohlleben gelöst. Es ist ihr wieder heimisch und gemütlich auf Erden geworden. Sie hatte sich ihren Platz unter der Menschheit vielleicht mit höchsten Mitteln und Opfern erobern wollen, hatte gelitten, mutig gekämpft, alles daran gesetzt und hoffnungslos verloren. Und nun, fast ohne zu wissen, wie sie dazu gekommen, steht sie hübsch fest, hat, was sie braucht, und denkt an ein unverständliches, übermäßiges Wollen, das sich einst in ihr regte, als an etwas längst Überwundenes lächelnd zurück.

Und in diesem Sinne ist unser solides, vertrauenerweckendes Lädchen ein wichtiges und gutes Ding, und die Miene der Hausfrau, die dort ein- und ausgeht, ist mit Recht bedeutungsvoll, und der Einkauf im Lädchen ist keineswegs leichtsinnig zu betreiben, sondern voller Würde und Hingabe. Da ist ein vorzüglicher Käse, saftig, zart, von angenehmstem Aroma und gewürziger Kraft. Steht dieser auf einem gewissen Punkte seiner Vollendung, das heißt, ist er in dem Prozess der Zersetzung gerade so weit vorgeschritten, nicht weniger und nicht mehr, als wie er seit Generationen schon für ausgezeichnet erkannt worden ist, so trägt die Hausfrau, die ihn in solchem glücklichen Stadium erlangt hat, etwas Wertvolleres mit heim, als sie bezahlte. Die Möglichkeit liegt da, dass dieses harmonisch vollendete Käschen, doch will das wohl verstanden sein, von größerer Wirkung werden kann als Recht, Gesetz und Menschenwürde, als das, was uns in Schranken und Sitte hält. Es repräsentiert gewissermaßen für den, der sich einen Bissen davon auf der Zunge zerfließen lässt, das, was man Wohlleben nennt. Er genießt eine kleine Anreizung starker Empfindungen. Vielleicht trägt er sich mit allerschwersten Gedanken. Leidenschaft zehrt an ihm, Trostlosigkeit, tiefer Überdruss, verlockendes Unrecht blendet ihn. Etwas von diesem allen erregt ihn, und er ist nahe daran, zu verderben, alles hinter sich zu werfen, um auf Gnade und Ungnade zu leben, zu genießen und zu enden. Was ihn bewegt, ist mächtig, steht in großen Zügen. Er sieht den Tod, sieht sein Glück und sein Verderben, weiter nichts. Da schluckt er von dem Käschen oder sonst von einem guten Bissen, und es drängt sich in sein tragisch starkes Empfinden allerlei Kleinzeug. Der nicht erwähnenswerte Genuss, der, von ihm kaum beachtet, auf der Lippe prickelt, weckt die Erinnerung an tausend andere, an eine Macht, die aus solch kleinen, angenehmen Unbedeutendheiten besteht. Diese Macht hebt sich, stellt sich Verderben bringenden Entschlüssen entgegen und schafft dem über Sitte und Gewohnheit Hinausstrebenden unbemerkt den sicheren Halt. Gesetz, Vernunft und alles, was der Menschheit Schutz verleihen sollte, hatte nichts ausrichten können, das Verderbliche war unaufhaltsam gewachsen. Der Mensch hatte sich und andere vielleicht preisgeben wollen; da zur guten Stunde schlich sich ein Bote des Behagens ein. Der kam dem Tier im Menschen zupass, es dehnte sich und verlangte gestärkt doppelt eifrig nach seiner Behäbigkeit zurück.

So ist mancher gerettet und gezwungen worden, an den alltäglichsten Annehmlichkeiten von schwerem Leiden zu gesunden. Daher ist solch ein wohlgehaltener Laden, wie der des Händlers Balduin Häberlein, von tieferer Bedeutung, als es dem harmlosen Beobachter erscheint. Und es ist die Wahrscheinlichkeit vorhanden, dass er seinen Mann, wenn er die Sache versteht, reichlich und überreichlich ernährt. Dieser und jener mag aus dem alten Spezereigewölbe ein mächtiges Lebenselixier, das gegen Trübsal und Jammer ihn standhalten ließ, gewonnen haben, ohne zu wissen, was ihn erhielt. Der alte Balduin Häberlein ahnte auch nicht, dass seine Kundinnen gar tief bei ihm in Schuld steckten. Der einen hatte er den Mann durch muntere, gute Bissen, die er klug in Vorrat hielt, vom Trübsinn gerettet. Und dem Sohn einer anderen, der auf schlechte Wege geraten war, hatte die vorzügliche Küche seiner Mutter und die auserwählt guten Zutaten, die sorglich und reichlich beschafft wurden, die Ehrenhaftigkeit und gute Stellung des Hauses dargetan, mehr als Liebe und jedes würdige Gefühl, sodass er angesichts der wohlbestellten Tafel nicht den Mut gewinnen konnte, abzufallen. Im Hause einer anderen trug sich einer mit Todesgedanken und kam nicht zu deren Ausführung, weil es im Februar Lachs, in einem Monat Austern gab, im folgenden Krebse, dann wieder Wildbret. Jeglicher Monat brachte sein Gutes, und keiner wollte kommen, der frei von jeder Lockung gewesen wäre. Häberlein aber wusste nichts davon, dass er ein Helfer und Retter war, nahm all die verschiedenen Verlangen, Nöte und Sorgen, von denen die Kunden ihm in den Laden getrieben wurden, in bare Münze umgesetzt, zufrieden ein, lebte mit seiner kleinen Frau im Ladenstübchen und brachte seine Tage in Tätigkeit und größter Ehrbarkeit hin. Er war ein echter und würdiger Spießbürger, hatte seine erprobten Eigenheiten in Kleidung und Ausdrucksweise, trug das straffe, graue Haar starr in die Schläfen hineingekämmt, jahraus, jahrein ein kariertes Halstuch unter der Weste, und an Markttagen, wo das Geschäft besonders rege ging, hielt er es für notwendig, eine blaue Schürze vorzubinden. Die Mägde betitulierte er durchweg mit Jungfer Köchin, behandelte sie jovial und etwas herablassend und sah ihnen gehörig auf die Finger. Gegen die Frauen und gnädigen Frauen aber blieb er unveränderlich von größter Höflichkeit. Er war ein Mensch, der so sehr hinter seinen Ladentisch zu gehören schien wie die Schnecke in ihr Haus. Wer ihn kannte und gewohnt war, ihn zu sehen, wie er zwischen seinen Tonnen und Tönnchen, seinen Käseaufschnitten mit Kisten und Näpfen hantierte und von einer Atmosphäre umgeben war, die mit der eigentlichen Luft keine nähere Verwandtschaft hatte als ein frischer Waldbach mit einer Burgundersoße, der konnte sich den Händler Balduin Häberlein nicht in Gottes freier Natur vorstellen; und wäre er ihm an einem schönen Frühlingstage unter blühenden Bäumen am Flussufer auf sich schlängelndem Wiesenpfade mit der kleinen Frau Häberlein am Arme begegnet, er hätte seinen Augen nicht getraut über die närrische Ungereimtheit der Erscheinung inmitten der frischen Frühlingspracht. Balduin Häberlein war von den Eigenschaften seiner Umgebung durchdrungen und durchzogen. Und selten genug kam es vor, dass die beiden fleißigen und geduldigen Leute in ihrem Sonntagsstaat aus dem Ladenstübchen gingen, um sich eine kleine Erholung zu gönnen. Sie lebten so hin wie viele Tausende; vom Morgen bis zum Abend taten sie ihr Tagewerk, das ihnen vom Schicksal auferlegt war. Schon viele Jahre miteinander verheiratet, waren sie kinderlos geblieben, und die Zeit hatte nichts weiter an ihnen vollbracht, als dazugehört, aus einem Paar würdiger, wohlangesehener junger Leute ein Paar gerade solcher alter zu machen. Sie brauchten nicht viel bei diesem Wandel von jung zu alt zu beklagen, im Gegenteil waren sie dabei in aller Muße und Solidität zu dem, was ihnen in jungen Jahren in besonders verständnisinnigen Stunden als Wünschenswertestes vorschwebte, gekommen.

Sie hatten ihr Geschäftchen miteinander zu einer einfachen, von Grund aus sicheren Vorzüglichkeit gebracht, kannten die besten Quellen, standen mit ältesten, wohlbewährten Häusern in Verbindung und betrieben ihre Angelegenheit mit einer gewissen Weihe und Hingabe. Balduin Häberlein und seine Frau passten im Alter gut zueinander und sahen aus, wenn sie hinter ihrem Ladentische standen, als wären sie füreinander geschaffen, sodass es nicht gut anging, sie sich einzeln vorzustellen; nur tat die kleine Frau es dem Händler nicht ganz in Ruhe und Gemessenheit gleich. Er war längst schon in seinen Gewohnheiten, Liebhabereien, in Gang und Redensarten ein Bürgersmann geworden, an dem die Jugendjahre ihre Arbeit getan hatten, als an ihrer kleinen Person sich jedes, von ihm überwundene Lebensalter noch zu schaffen machte. Es hatte sich alles bei ihr zusammengefunden; das Kindische und Kindliche und die Jugend hatten sich bei ihr dauernd einzuschmeicheln gewusst, und als das Alter kam, fand es eine ziemlich muntere Gesellschaft, die sich nicht so ohne Weiteres vertreiben ließ, und es musste sich ein Eckchen suchen und ganz bescheiden bei denen zu Gaste sitzen, die sonst in tausend Fällen aus Haus und Hof von ihm verjagt werden. Wäre dies kleine, bewegliche Geschöpf nicht sehr beizeiten Frau Häberlein geworden, hätte sie das Schicksal in ein vornehmes und reiches Haus gesteckt, wer weiß, welch Wunder von eleganter Schelmerei und artiger Liebenswürdigkeit sich in ihr ausgebildet haben würde. Vielleicht hätte sie zu den Reizenden ihres Geschlechts gehört, bei denen alles Anmut und Heiterkeit ist. Aber das Leben passt nun einmal seine Geschöpfe mit den Jahren ihrer Umgebung an und lässt einen gewissen überflüssigen Reiz in Bewegung und Gebärde bei bürgerlicher Arbeit nicht aufkommen. Und was das Beklagenswerte ist, dass ein verkümmerter, reich begabter Mensch mit seinen unfertigen, nicht zur Auswirkung gekommenen Gaben einen Hauch von Komik an sich trägt, der den wohlwollenden Beobachter fast schmerzlich berührt. So war es bei der kleinen Frau. Hurtig, flink und sicher bediente sie jahraus, jahrein neben ihrem Balduin die Kunden, immer freundlich und hingebend, und verschwendete bei dem Formen einer Tüte oder dem Aufschneiden eines Schinkens einen Überfluss an Zierlichkeit, welcher der Kundin ein Lächeln ablockte.

Dem Händler aber war das Benehmen seiner Frau von jeher gerade recht, und er glaubte an ihr einen Ausbund von Manierlichkeit zu besitzen, und da er eine gerechte und dankbare Natur war, so schrieb er einen guten Teil seines Wohlstandes der Zuvorkommenheit und dem adretten Wesen des

Frauchens zu und war ihr stets ein guter und nachsichtiger Ehemann. Sie bekam kein hartes Wort von ihm zu hören, nur in aller Ruhe und Gelassenheit suchte er ihr manchmal begreiflich zu machen, dass sie einem Hange nach Festlichkeit und allerlei Lebensausputz zu sehr nachgäbe, dass sich derlei nicht für ihre Stellung schicke und unnütz sei.

Dieser Hang war da, doch hatte er sich bei ihr durch lange Jahre hindurch nicht ausgebreitet, sondern sich stets ungefährlich und harmlos verhalten. In anderen Verhältnissen hätte er, der Begleiter von Reiz und Anmut, sich wie diese zu einer Höhe entwickeln können. Leichtsinn, Freude an Schönheit, mächtigster Trieb nach Heiterkeit und leichtem Leben, wären dann wohl in der Delikatesshändlerin erwacht und hätten sie zu tausend Torheiten verlockt, so aber war sie mitsamt ihren Anlagen bis in das Alter hinein ein rechtes Kind geblieben und den bescheidenen, anspruchslosen Menschen, unter denen sie lebte, eine Annehmlichkeit. Ihr Mann konnte sich gar nichts Besseres, als in ihrer Pflege zu stehen, denken und ließ sie im Grunde ungestört ihren kleinen Schrullen nachhängen, die ihm nicht ganz verständlich waren und in denen er in den ersten Jahren ihrer Ehe den schon erwähnten besorglichen Trieb nach Wohlleben gewittert hatte, dessen mögliches Wachstum ihm bedrohlich erscheinen wollte, so unschuldig auch ihre Liebhabereien waren und blieben.

Zu dem schmalen, altmodischen Hause, das der Händler besaß und das er von seinem Vater ererbt hatte, gehörte ein enger Hof, der von hohen Hintergebäuden rings eingeschlossen war, sodass man von ihm aus weiter nichts von der ganzen Welt als nur ein winzig Stückchen Himmel sah, und dazu musste man sich mitten in das Höfchen stellen und über sich schauen. Diese kleine Ecke aber war von Frau Häberlein sehnsuchtsvoll ausersehen, um hier einige überflüssige Lebensfreude zu gewinnen. Sie hatte als ganz junges Weib Tag und Nacht davon geträumt, in dem Hof sich ein Plätzchen zu schaffen, wo sie nach ihrer Tagesarbeit und in einer freien Stunde mit ihrem Strickstrumpf sitzen könne.

Ihr Mann, als sie ihm zum ersten Mal beim Abendessen schüchtern ihren Plan mitgeteilt hatte, musste darüber lachen und sagte: »Was fällt dir ein? Das wäre ein schönes Vergnügen, in dem dunklen Loche zu sitzen. Das darf man der Nachbarsleute wegen schon nicht tun.« Da sah er, dass seiner Frau die Tränen in die Augen traten, schüttelte den Kopf und bekam, weil er diesen Vorgang in ihr nicht begriff, einen kleinen Ärger über sie. Als er sie aber am andern Morgen geduldig und zierlich im Laden hantieren sah, da fühlte er sich so hübsch sicher und geborgen durch die Wahl der Frau, dass er ganz vergnügt und übermütig wurde und einer alten Köchin, der die Kleine eben eine Tüte Pfeffer für den Dreier abwog, ein Spitzglas guten Likörs wohlwollend schmunzelnd entgegenreichte, sodass alle drei sich mit angenehmen Empfindungen lächelnd gegenüberstanden: die Frau, weil sie sich bei dem Benehmen ihres Gatten eine Vorstellung machte, als müsse es ihm außerordentlich wohl zumute sein; auch erschien er ihr in diesem Moment etwas komisch, und das mochte sie an ihm leiden; die Köchin, weil sie die Güte des Händlers und seines Likörs überraschte, und Herr Balduin, weil es ihm in Wahrheit, wie seine Frau es ihm angesehen, wohl zumute war und Angenehmes sich für ihn schon belebt hatte. Ein blühendes Geschäft, ein gutes, tüchtiges Weib, unbedingte Achtung seiner Kunden, eine Kiste ganz vorzüglicher *Sardines à l'huile*, die vor einer Stunde angekommen war und mit deren Inhalt er sein Gewölbe lockend ausstaffieren wollte, er war in bester Stimmung.

Als er aber an diesem Tage gegen Abend in das Ladenstübchen trat, da sah er seine Frau an dem tiefnischigen Fenster sitzen, das hinaus auf eine Quergasse blickte. Es stand ein Korb voll Federn neben ihr, und sie hielt einen Kapaun, an dem sie verständnisvoll gerupft hatte, um ihn zum Verkauf vorzubereiten, nachlässig in den Händen, bemerkte das Eintreten ihres Gatten nicht und schaute so ganz verloren zum Fenster hinaus mit einem Ausdruck, dass, wenn selbst ein dummer Tropf vorübergegangen wäre und sie beachtet haben würde, er bei sich gedacht hätte: Da sitzt ein melancholisches Frauenzimmer. Der Herr Balduin sah sie erstaunt an und wusste nicht recht, was er denken und wie er sich benehmen sollte.

»Na, Anna«, sagte er, »was hast du denn?« und legte ihr die Hand auf die Schulter. Da machte sie Augen wie eine arme Seele und lächelte verlegen.

»Ja, was hast du denn?«, fragte der Händler noch einmal ganz bewegt und verwirrt. Sie waren damals schon ein paar Jahre miteinander verheiratet, und es war immer ruhig bei ihnen zugegangen. Die Frau mochte wohl hin und wieder ihre trüben Gedanken still für sich gehabt haben, sonst wäre der schmerzliche, wehmütige Zug, der Herrn Balduin in Erstaunen gesetzt hatte, nicht so klar auf ihrem Gesicht zu lesen gewesen, aber sie hatte noch keinerlei Trost oder Zuspruch von ihrem Gatten beansprucht und war jederzeit munter und freundlich geblieben, und nun war ihm der sanfte, traurige Blick eine neue Erscheinung. Als er sie noch einmal, schon etwas ungeduldig, darauf anredete, was ihr fehle, da brach sie in Tränen aus, legte den Kapaun auf das Fensterbrett, lehnte ihren Kopf an die Schulter ihres Mannes und sagte: »Es wäre so hübsch von dir, wenn du mir erlaubtest, dass ich mir im Hofe ein Sitzplätzchen herstellen dürfte.« – »Was meinst du?«, fuhr Häberlein halb erschreckt und halb belustigt auf, als hätte er nicht recht gehört; »und darum heulst du?« – »Darum?« – »Nun, Gott sei Dank, dass wir keine Kinder haben, das wäre eine schöne Geschichte. Mit fünf Jahren wären sie gescheiter als ihre Mutter, und ich hätte die ganze Bande mit samt dir auf dem Hals. – Na, sei nur ruhig.« Er gab ihr einen Kuss; als sie aber immer heftiger weinte, schüttelte er verblüfft den Kopf und sagte: »Meinetwegen, da kehr dir in der Spelunke einen Platz und tanz darauf; mir soll's recht sein. – Sei nur ruhig.« – Und er klopfte ihr besänftigend auf die Schulter, dünkte sich väterlich und weise und meinte bei sich, dass ein Mann, wie er, doch etwas ganz Gehöriges bedeute gegen so eine Frau. Hätte er geahnt, dass er in dem Augenblicke dem tiefsten

Geheimnis der Philosophie in der Erkenntnis ebenso nah und so weit entfernt sei wie den Vorgängen in der Seele des kleinen verweinten Weibes, er würde sich nicht schlecht gewundert haben.

Die Frau stand auf und nahm ihren Korb mit Federn in die Höhe, setzte ihn aber wie in Verwirrung wieder nieder, öffnete die vollen, vom Weinen heißen Lippen, als wollte sie etwas sagen, und sah zu Herrn Balduin auf. Dieser trommelte mit den Fingern auf einer Kiste, die auf dem Tische stand, und schaute nicht ganz behaglich vor sich hin. Noch einmal öffnete sie die Lippen und begann bescheiden und mit vom Weinen noch zitternder Stimme: »Wenn man so denkt, dass es auf Erden so viele Dinge gibt, die unsereins nicht kennt, und gar viele Freuden, die auf andere Leute fallen und uns auslassen, da kommen doch mitunter Gefühle über einen, die gerade wie eine Sehnsucht sind.« – »Nun, was willst du damit«, frug er etwas gereizt, »bist du nicht mehr zufrieden? Willst du Änderungen haben – immer zu! Trotzdem es kein gutes Zeichen ist, wenn das Weib oben hinaus will. – Aber nur zu!« Da lächelte die junge Frau, schüttelte den Kopf und sagte: »Was bist du nur gleich so böse?« Dann setzte sie leise hinzu: »Es war nur wegen der Dämmerung, dass mir es ein bisschen schwer ums Herz wurde.« – »Gut, dann schlag auch nicht Lärm, dass man meint, alles ginge drunter und drüber«, unterbrach sie mit Würde Herr Balduin, fasste sie am Kinn, hob ihr den Kopf, lachte trocken auf, indem er sie ansah, und sagte: »Was seid Ihr Frauensleute doch durchweg für Narren. Da stellt man sich vor, wenn einmal eine ihre Sache gut macht und vom Geschäft etwas versteht, es wäre Vernunft hinter der Geschichte, aber Gottes Wunder, wenn man das Ding bei Lichte besieht, da fällt alles unter den Händen auseinander, und man begreift nicht, wie ein Frauenzimmer irgendetwas Vernünftiges zusammenbringen kann vor lauter Kinderei und Verworrenheit. Sitzt eine Frau, die sich in die Zeiten doch endlich schicken sollte, in der Dämmerung und heult. Und weshalb? Es ist nicht zu sagen.« Balduin lachte im Gefühl seiner Bedeutung, trat mit dem Fuß auf und ging einmal heftig im Zimmer auf und nieder, blieb vor seiner Frau stehen und sagte: »Schaff du dir deinen Platz, wenn es dich glücklich macht, ich lege dir nichts in den Weg; aber nun ist's gut und kein Gejammere mehr. Du kannst doch, weiß Gott, zufrieden sein. Suche dir einmal einen Mann, wie ich bin, du würdest dich schön umgucken.«

In diesen Worten lag Überzeugung, die keiner Begründung weiter bedurfte. Das gute Weib blickte so voller Vertrauen und mit einem leichten Zug lieblichster Schelmerei zu ihm auf, dass sie in diesem Augenblicke ihres Lebens in vollster Blüte stand, in ungetrübter Anmut. Denn ihre Bewegung drang aus innerstem Herzen, in dem die Gefühle rein und unangetastet liegen und wenn sie aus ihrer Tiefe auftauchen, jeden Zug, die ganze vom Leben erniedrigte Erscheinung mit einer Überstrahlung heiligen.

Die Frau verstand das Wesen ihres Mannes fast unbewusst. Die gutmütige Selbstzufriedenheit, die muntere Überhebung berührte sie wie ein lieber Scherz, den sie voll durchschaute, der ihr wohlbekannt war und gegen den sie in ihrer Liebe nichts einzuwenden hatte. Herr Balduin fand, dass er ein nettes Weibchen habe, als die Frau in dem dämmerigen Ladenstübchen vor lauter guten, innigen Gefühlen wie mit Rosen überschüttet vor ihm stand.

So und ähnlich lebten die beiden Leutchen in gutem Behagen miteinander. Sie war mit ihrem Herrn wohl zufrieden und er mit ihr. Dem guten, etwas trockenen Balduin Häberlein aber fiel es nicht bei, dass neben ihm ein wunderschönes Leben wie ein eingeengter Quell leise, aber mit verhaltener Heftigkeit drängte, und wo in der Einengung ein Spalt entstand, in einem scharfen Strahl hervorsprudelte zu seinem außerordentlichen Erstaunen, denn von einem zum anderen Male vergaß er die unvermutete Übersprudelung, hatte aber doch bei jedesmaliger Wiederkehr, und als er sah, dass das Ding keinen Schaden anrichtete, eine versteckte Freude an solch unberechenbaren Zwischenfällen.

An der Einnistung in dem erbärmlichen Hof hatte sie sich damals durch nichts irremachen lassen und nicht Ruhe gehalten, bis Herr Balduin ihr eine Bank von Tannenholz, die sie vom Lehrjungen grün streichen ließ, schenkte, hatte sich eine Hacke gekauft, um ein paar Pflastersteine damit zu lockern: Und da sie mit dieser Arbeit nicht zustande kam, war, ohne dass man es recht wusste, wie sich das gemacht, Herr Balduin in höchsteigener Person darüber gekommen. Er führte die zweifelhafte Idee seiner Frau aus, in dem schwerschattigen Hofe ein Beet zu schaffen, ächzte und stöhnte dabei und räsonierte über das sinnlose Frauenvolk. Aber die Frau hatte mit den Verhältnissen klug gerechnet und ihr Beet an dem bestmöglichen Platze angelegt. Der Tür gegenüber, die in den Hausflur führte, schien durch ein Fenster, welches zur Straße hinausschaute, und durch die Haustür, wenn sie offen stand, ein Stündchen des Tages die Sonne herein. Da bekam der Hof auch ein Teil Licht, und wenige Augenblicke, wenn alle Türen offen standen, trafen ein paar Sonnenstrahlen auf das Fleckchen, auf dem die Frau hoffnungsvoll und freudig ihr Beet angelegt hatte. Das war von ihr wohl bedacht worden. Auf das Beet pflanzte sie einen Strauß Petersilie, steckte ein paar Weizenkörner in das Erdreich, welche bleiche, ährenlose Halme aufgehen ließen, säte Kresse und ließ sich von einem Gärtner einige geduldige Tausendschönchen und Stiefmütterchen geben und noch ein unbestimmbares Schattenkraut. Vor die grüne Bank setzte sie ein wackeliges Tischchen und stellte, so oft es sich tun ließ, einen frischen Blumenstrauß darauf. So war für ihre liebevollen Augen ein schönes Gärtlein zustande gekommen, das für sie wirklich eine Quelle von Annehmlichkeiten wurde. Durch sorgliche Pflege und starken Willen brachte das kleine leidenschaftliche Weib es dahin, dass trotz Schatten und jeder Ungunst, in Jahren ein festgewurzeltes Allerlei um die grüne Bank her den feuchten Boden bedeckte. Zu einer Blüte brachte es keine der Pflanzen, aber zu einem guten Blätterwerk, und gerade der Tür gegenüber auf dem Flecke, der durch glückliche Zufälligkeiten von ein paar

Sonnenstrahlen gestreift wurde, hatte sie den Gedanken gehabt, einen Fliederstrauch zu pflanzen, und damit das Richtige getroffen. Er gedieh und war mit der Zeit ein ganz stattlicher Busch geworden, der durch die offene Haustür grün und feucht zur Straße hinausschimmerte.

Nachdem mittlerweile Jahr um Jahr vergangen war und das Geschäft durch unermüdliche Vorsorge des Ehepaares ein Erkleckliches abgeworfen hatte, sollte auch das Gärtchen, das bisher nur stille, beschauliche Stunden geschaffen hatte, der Frau zu guter Letzt auch eine Freundschaft eintragen. Oben in die Dachwohnung war eine neue Mieterin gezogen. Eine Person ungefähr in dem Alter der Delikatesshändlerin, eine Frau Salome Thorspeck, die immer, ehe sie zu ihrer Stiege hinaufging, ein Weilchen auf den grünen, frischen Fleck im Hofe lugte. Die beiden Frauen waren einmal, als die Häberlein im Höfchen gewirtschaftet hatte und wohlzufrieden in der Tür lehnte, um ihr Werk zu betrachten, und Frau Salome gerade die Treppe hinabstieg, miteinander in ein längeres Gespräch über das Gärtchen gekommen. Sie hatten sich schon immer freundlich begrüßt, aber es wollte sich kein näheres Verhältnis zwischen ihnen anspinnen. Das lag an der Häberlein, die durch ihren Mann nicht gerade die beste Meinung von ihrer Mieterin hegte. Der war gegen Frau Salome stark eingenommen, und als seine Anna ihm jetzt ganz erfreut mitteilte, dass die Frau, die oben eingezogen, eine artige und verständige Person zu sein scheine, da fuhr er auf und sagte: »Lass mich mit der Närrin in Ruh! Schwatz du mit ihr, soviel du willst, und warte ab, bis sie dir ein Loch in den Magen geredet hat, denn das tut sie, da kannst du dich heilig darauf verlassen. Wer solche Briefe schreibt wie das Frauenzimmer oben, vor der muss man sich hüten. Das sage ich dir: Die hat einen Sparren im Kopfe, denn solche Briefe schreibt unsereins nicht!«

Herr Balduin hatte Gelegenheit gehabt, die Salome Thorspeck als Briefstellerin kennenzulernen, und hatte sich ein Urteil über sie an ihren Produkten gebildet. Übrigens war er der Bevorzugte nicht allein, sondern außer ihm ein gut Teil wohlsituierter Handels- und Gewerbetreibender, die mit ihm in demselben Stadtviertel wohnten, kannten die Eigentümlichkeit der guten Salome, in wohlgesetzten Phrasen ihr Elend und ihre Übelstände denjenigen schriftlich ans Herz zu legen, von denen sie eine kleine Aushilfe zu erlangen hoffte. Sie lebte in armseligen Verhältnissen, stand ganz allein, war früh Witwe geworden und hatte drei Söhne zu erziehen gehabt, die zur Zeit, als sie in das Dachstübchen zu Häberleins einzog, schon in alle Welt verstreut waren und in entlegenen Erdwinkeln ihr knappstes Unterkommen gefunden hatten. Sie war eine gute, rechtliche Frau, vor der man alle Achtung haben konnte, denn sie hatte ein schweres Leben standhaft ausgehalten. Durch eine verhängnisvolle Begabung aber, den Ausdruck für ihre etwas wirren, etwas überschwänglichen Gefühle leicht zu finden, hatte sie sich geschadet und war um all die sauer verdiente Achtung gekommen, die ihr das Leben hätte einbringen sollen, und war statt dessen zur komischen Figur geworden, die ihre Mühsal und ihren Kummer wie ihr Wohlbefinden zur Unterhaltung und Belustigung ihrer Nebenmenschen tragen musste. Die Welt ist grausam in der Beurteilung derer, die das Spärliche mit ihrer Begabung überschreiten, und höhnisch, wenn das Überflüssige an einer Person unzulänglich erscheint. Man hat das, was uns auferlegt ist, unwiderruflich zu tragen; – also aushalten. Da ist jede Betrachtung unnötig. Man soll schweigen und niemand belästigen. Spricht man doch, hält die Leute auf und jammert ihnen entgegen mit halb geschickten, halb ungeschickten Redewendungen, braucht, um die Lage klarzulegen, ein gut gefühltes Gleichnis, das man ungelenk und ungeübt nicht recht zu Ende führen kann, das sollte wohl mit Erbarmen erfüllen. In solcher Rede schimmert das auf, was vom harten Leben längst schon ertötet sein müsste. Statt dessen aber dient es zum Gaudium, und man ist übel daran. Und Salome hatte gar das Unglück, nicht nur zu reden, sondern ihre guten Gefühle, die ihr unter den Händen, wenn sie irgendeinen Hilfe suchenden Brief verfasste, zu abenteuerlichen Sätzen und verschrobenen Gedanken wurden, schriftlich niederzulegen. Was Wunder, dass es ihr schlecht erging.

Von dem Tage an, als sich die beiden Frauen auf dem Hausflur begegnet waren, hielten sie fest zueinander, saßen, so oft es sich tun ließ, zusammen auf der grünen Bank im Hof und gaben in dem großen Weltschauspiel eine Gruppe rührendster Unvollkommenheit ab. Eine jener Gruppen, wie sie sich zu tausend und aber tausend Malen bilden: der armselige Hof, der einen Aufenthalt der Lebensfreude darstellen sollte, die spießbürgerlich zierliche Delikatesshändlerin, die in anderer Atmosphäre in ununterbrochener Anmut ihr Leben geführt hätte, und Salome, deren reich empfindender Geist unter günstigerem Sterne zu einer schönen Ausbildung gekommen wäre. Es hat etwas Erschreckendes, zu denken, welch eine unendliche Macht edler Kraft verkümmerte. Doch wer ahnt, was in uns dazu bestimmt ist, das Ewige in sich zu tragen? Das, was wir als groß und schön, als errungen uns vorstellen, ist vielleicht vor dem Reichtum des Ungeahnten so verschwindend klein, dass es von dem, was wir unvollkommen nennen, nicht zu unterscheiden ist, und das eine dem Höchsten so nah und fern ist wie das andere.

Die beiden Frauen befanden sich recht wohl, wenn sie miteinander im Hof mit ihren Arbeiten zusammensaßen und plauderten. Anna ließ sich von den drei Söhnen der Freundin vorerzählen. Sie berieten miteinander den Küchenzettel. Herrn Balduins Eigentümlichkeiten und Vorzüge wurden zum öfteren durchgesprochen. Herr Balduin selbst war mit der Zeit dem Umgange Annas mit der Freundin geneigter geworden, ließ sich sogar herbei, den Sonntagskaffee und Kuchen, den seine Frau mit sicherster Regelmäßigkeit bereitete, in Frau Salomes Gesellschaft einzunehmen.

Frau Salome trug jahraus, jahrein eine ausgezackte, schwarze Pelerine und um die Taille einen alten Ledergürtel nachlässig geschnallt; an dem hing an einem perlengestickten Bande, das noch aus ihrer Mädchenzeit stammte, eine Schere. Salome war Flickschneiderin und nähte, so oft es sich traf, tagsüber bei den Leuten. Sie wusste allerlei aus den Familien ihrer Kunden mitzuteilen und tat es mit einem für fremdes Leben offenen Herzen. Für ihre Söhne hatte sie Frau Häberleins Gemüt sehr erweicht und war nach nicht allzu langer Bekanntschaft mit ihrer Gönnerin dabei, den Jüngsten in das Geschäft einzuschmuggeln. Der stand bei einem Kolonialwarenhändler in einem kleinen Städtchen in der Lehre und hatte es dort nicht zum Besten. Und Anna trug sich nun zu allen Stunden mit dem Gedanken, ihren Mann dazu zu bestimmen, den Sohn der Freundin in das Haus und ins Geschäft zu nehmen. Das wurde eine jener Ideen, denen sie mit wahrer Glut nachhing, in die sie sich versenkte, an denen sie ihre Hoffnung und ihre überflüssigen Lebenskräfte sich austoben ließ.

Salome hatte für diesen Jüngsten eine ganz besondere Zuneigung, ließ durchfühlen, dass dieser Sohn ihr geistig vor allen anderen am nächsten stände, dass sie mit Rührung und Erbauung sich selbst in ihm von Neuem leben sehe. Um die feine und zierliche Denkungsart des hoffnungsvollen Jüngsten darzulegen, erzählte sie, dass er im Gegensatz zu den anderen Söhnen von frühester Jugend an einer Vorliebe zum Zarten, Gefühlvollen nachgegeben habe.

Als sie das mit einer zu Herzen gehenden Rührung besprach, stand sie in der Küche der Frau Häberlein und schaute zu, wie diese eine feste, schöne Schweinskeule, die am Feuer schmorte, gewandt und sicher in der Pfanne hob, um sich von deren allseitigen Vorzüglichkeiten zu unterrichten. Salome ließ sich nicht dadurch stören, dass die Delikatesshändlerin im Gefühle der Verantwortlichkeit, die ihr der Augenblick auferlegt hatte, ihre ganze Aufmerksamkeit auf die Keule gerichtet zu haben schien. Sie gab ihrem Drang, sich auszusprechen, vollkommen nach und erzählte, wie der Jüngste schon als kleines Bürschchen ihr zur Erlustigung, wie ein Herrlein so fein, mit spitzen Lippen, einen Vers aufgesagt habe, der zu ihrer Jugendzeit alt und jung bekannt gewesen sei. Den habe sie dem Kinde beigebracht. Und nun begann sie, unbekümmert um das Schmoren und Zischen neben ihr, das die kleine Frau Häberlein mit ernstester Aufmerksamkeit erfüllte, den Vers mit einer wehmütig bewegten Stimme, die sie oft annahm, vorzutragen:

»Weint, ach weint, ihr lieben Närrchen,
Herr von Rosenrot ist tot;
Ach, er war ein süßes Herrchen –«

»Ei, so lasst das jetzt, Frau Thorspeck!«, unterbrach sie Frau Häberlein, als Salome weiter fortfahren wollte. »Für dergleichen ist jetzt keine Zeit. Gebt mir die lange Zinnschüssel herunter, dass sie mir gleich parat steht.«

Salome tat, ohne sich über die Unterbrechung ihres Gefühlsausbruches gekränkt zu zeigen, was die Händlerin von ihr verlangte. Sie mochte vom Leben hart gewöhnt sein, und da sie bei jeder passenden und unpassenden Gelegenheit bei der Hand war, ihre Empfindungen zu äußern, so war es ihr nichts Neues, zurückgewiesen zu werden und unbeachtet zu bleiben. Sie hatte die glückliche Eigenschaft, die den Taktlosen eigen ist, die mit einer kindlichen Harmlosigkeit das in Empfang nehmen, was ihre Ungehörigkeiten ihnen eingebracht haben.

Die herzensgute, kluge Frau Häberlein hatte es bald durchschaut, wo die Freundin kurz gehalten werden musste. Sie war eine sich selbst fast unbewusste, aber starke Feindin jedes Unzarten und jeder Zudringlichkeit und fühlte sich deshalb oft von dem Benehmen ihrer Mieterin nicht angenehm berührt. Doch in ihrer Güte und ihrem Verlangen, etwas zu finden, das die stille Sehnsucht nach Unbestimmtem in ihrem Herzen wohltuend beschwichtigen sollte, nahm sie solche Unannehmlichkeiten und Fehler an jemandem, dem sie ihr Herz geschenkt hatte, wie eine Erkrankung dieser Person hin und hatte alles Mitleiden.

So kam sie einmal herauf zu ihrer Mieterin in das Dachstübchen und fand diese, wie sie auf ein Blatt schrieb, das mit einer Schere dürftig gerade geschnitten war. »An wen schreiben Sie?« fragte das Frauchen schon beängstigt, als sie kaum die Tür hinter sich geschlossen hatte, da sie der Anblick der schreibenden Salome beunruhigte. Es war ihr, als sähe sie diese mit allem Fleiße an ihrem bösen Verhängnis arbeiten.

»Ich habe an die Kanzleirätin eine Antwort zu bringen.«

»Nun, weshalb bringt Ihr die nicht?«

»Es ist sicherer«, sagte Salome, »ich gebe sie ab.«

Die Kanzleirätin gehörte zu den Kunden der Schneiderin, und in dem Hause dieser Frau hatte sie so mancherlei erfahren, was ihr zu denken gab. Die Leute waren ihre vornehmsten Gönner, hatten gut zu leben, eine angenehme Stellung und waren doch alle nasenlang vor Unannehmlichkeiten und allerlei Not nicht sicher. Salome in ihrer Klugheit und Welterfahrung schien in diesem Hause Übelstände klar wahrgenommen zu haben. Die Söhne waren ohne glückliche Begabung, machten von Kindheit an Sorgen, weil sie mit ihrem notwendigen Bildungsgange nicht zustande kommen konnten. Die Rätin steckte ununterbrochen in Geld- und Mägdenot. Der Rat war durch fast pflichtmäßige Angewöhnung den größten Teil des Tages übellaunig und versah unter seinen Angehörigen ein für alle ermüdendes, schwerfälliges Richteramt. Und außer all diesen fest eingenisteten Unzuträglichkeiten war ihnen in letzter Zeit noch eine Erbschaft entgangen, auf die sie hoffnungsvoll gerechnet. Das gab böse Zeit im Hause, die Salome vollkommen durchschaute. Sie hatte der Delikatesshändlerin alle ihre Beobachtungen mitgeteilt, und deshalb war es dieser aus gewissen Gründen gar nicht recht, dass Salome die Ausrichtung an diese Familie schriftlich verfasste. Sie hatte ihr auch von einer Funzel, die bei Rats im Hause lebte, erzählt und gesagt, dass das ein prächtiges, junges Frauenzimmer sei, die der Frau Rat zur Hand gehe und bei den Kindern und in der Küche alles in aller Lustigkeit zustande brächte, und auch erzählt, dass diese Funzel einen anderen Namen führe, aber von allen Seiten Funzel und von den Kindern Funzelchen gerufen werde. Sie glaube, dass das rötliche Haar des Mädchens, das ihr bei jedem Windhauch um den Kopf flatterte, schuld daran sei, dass man sie Funzel rufe. Funzel nannte man in Sachsen ein kleines, offen brennendes Öllämpchen. Der Brief war gerade beendet bis zur Unterschrift, als Frau Anna eintrat, und gleich im Augenblick darauf musste Salome in die kleine Küche springen, weil auf dem Herdfeuer ihre Abendsuppe kochte und für einen so schmalen, spärlichen Bissen einen ganz ungehörigen Lärm vollführte, zischte und wallte, weil Salome in ihrem Eifer sie über Gebühr auf dem Feuer gelassen hatte. Diese Zeit benutzte Anna und schaute in den Brief. Es war, wie sie befürchtete: Salome hatte ihrer Feder alle Freiheit gegönnt.

»Frau Rat!«, so begann der Brief. »Nach unserer heutigen Rücksprache wegen zu ihnen zu kommen, wie Sie mir sagten, ginge es nicht gut mit dem zu mir schicken? Den kürzesten Weg schlage ich Ihnen vor durch einen Stadtpostbrief an mich. Diesen Betrag rechne ich Ihnen nach getaner Arbeit zurück. Gern! ganz gern komme ich rauf zu Ihnen und zur lieben Familie. Glauben Sie mir, Schickungen, die mir vielmal nicht gefielen, sind mir in meinem Leben, in meiner Ehe bekannt geworden, dass ich sagen kann: Mein Herz ist durchs Feuer der Trübsal geläutert, und weiß deshalb mich in jeder Menschen Lage zu schicken in Zufriedenheit.

Jeder Tag steht Ihnen zu Dienst, Frau Rat.

Salome Thorspeck.

Die jetzige Zeit bis Oktober nennt man die Gurkenzeit. Die Sachlagen stehen säumig. Es gibt über der Arbeit keinen Rummel. Seien Sie alle in Achtung gegrüßt –«

Dies war Salomes Brief, und Frau Häberlein stand in einem verlegenen Staunen und blickte, nachdem sie ihn schon zu Ende gelesen, noch darauf hin. Er gefiel ihr nicht, und sie fühlte sich in der Seele der Freundin gekränkt. Sie konnte sich nicht in sie hineindenken, wie sie es anstellen möge, so an die vornehmen Leute zu schreiben, und empfand einen tiefen Schmerz, der ihr die Tränen in die Augen trieb, als ihr die Freundschaft mit ihrer Mieterin durch den Eindruck, den sie eben empfangen, mit einem Male so wenig schön und herzerquickend vor der Seele stand. Das ganze Leben zog in diesem Augenblick an der Frau vorüber, und von keinem Ereignis fühlte sie, dass es den Grund ihres Herzens berührt hätte. Sie atmete tief auf, denn das alte, dumpfe Haus, das Gewölbe mit seiner dick durchtränkten Luft, die Anhäufung öliger Fässer und Büchsen, die hunderterlei Gerüche, das unausgesetzte Berühren von Esswaren, die sie ihr Lebtag hatte zwischen den Fingern herumzerren müssen, alle diese Bilder brachten ihr ein beängstigendes Gefühl, und nichts, was mit ihr zusammenhing, erschien ihr wünschenswert. Als Salome wieder aus ihrer kleinen Küche heraustrat, da blickte die Gute sie verschüchtert an, als sei die Eintretende für sie eine fremde, nicht ganz vertrauenerweckende Person, und sagte zu ihr: Sie habe nur einmal nach ihr sehen wollen und müsse gleich wieder hinunter ins Gewölbe.

»Habt Ihr vielleicht etwas zu helfen?«, fragte Salome. »Man hilft ja gern einander.« Ihre Manier war es, an die einfachste Antwort eine allgemeine Redensart zu knüpfen.

»Nein«, sagte das Frauchen, »heute nicht. Aber kommt nur ein bisschen herunter, wenn Ihr mögt.«

Als Frau Häberlein wieder hinter dem Ladentische stand, war es ihr nicht wohl zumute. Sie fühlte sich bedrückt, dass die Thorspeck den Brief geschrieben hatte, und dass ihr so quälende, böse Gefühle erweckt worden waren. Sie betrachtete Salome als eine Wohltat, die ihr zugebracht war und für die sie ungetrübt dankbar sein wollte. So wohl zufrieden sie mit Herrn Balduin sein konnte, so lebte in ihrem Herzen unaufhörlich ein sehnsuchtsvolles Gefühl, an das sie sich gewöhnt hatte, das sie durchs Leben begleitete, das sie oft so wenig bewusst empfand wie ihre eigenen Hände, bis es ihr einmal von außen her berührt wurde und sie in vollster Sehnsucht nach irgendeinem erreichbar oder unerreichbar heiteren Glück dastand. So hatte sie von ihrem Manne durch ein langes Leben hindurch hin und wieder kleine, sie erfreuende Dinge erbeten. Aber nicht leichthin, wie es dem Wert der Sache zukam, sondern mit Leidenschaft, die ausreichen würde, ein volles Lebensglück zu erbitten. So hatte sie um das Gärtchen gebeten, um einen hellen Anstrich der Ladenstube, um eine gelbscheckige Katze, die ihr eine Nachbarin zum Verkauf angeboten, um solch kleine Erfreulichkeiten, so auch um die Erlaubnis, mit Salome verkehren zu dürfen.

Jetzt lag es schwer auf ihr, als ihr durch den Sinn ging, dass sie jetzt im Augenblick es an sich kommen lassen würde, deren Gesellschaft so dringend, wie sie es getan, zu erwünschen. Dies Bewusstwerden brachte sie über ihre Mieterin in Ärger, besonders als sie bedachte, wie sie so innig den Wunsch hege, sich und Frau Salome zur Freude deren Jüngsten in das Geschäft zu nehmen. Ja, sie hatte schon so halb und halb die Gewissheit, dass Balduin nichts gegen ihren Vorschlag einwenden würde, denn zu Ostern sollte ein Lehrling in das Geschäft genommen werden, das hatten sie miteinander besprochen, und weshalb konnte es Leander Thorspeck nicht so gut wie jeder andere auch sein. So gingen ihr die Gedanken durch den Kopf, während sie die Kunden bediente, und mochte es werden, wie es wolle, sie beschloss, da man ohne einen Wunsch so wenig wie ohne einen frischen Trunk leben kann, an dem Verlangen, Salomes Jüngsten bei sich unterzubringen, festzuhalten.

Und Frau Häberlein hatte sich nicht verrechnet. Als sie ihr Anliegen nach einiger Zeit vorbrachte, war Herr Häberlein anfangs nicht ganz einverstanden mit dem Vorschlag seiner Frau. Es war ihm nicht recht, dass die Mutter des Sohnes mit im Hause wohne, wegen des Getratsches, das dann nicht aufhören würde, von oben nach unten und von unten nach oben, aber er gab nach, weil sich gegen Salomes Jüngsten nicht viel sagen ließ. Er hatte gute Schulzeugnisse aufzuweisen, und sein jetziger Herr schien ganz erträglich zufrieden zu sein. Und besonders gab Herr Balduin deswegen nach, weil er einer ihm wohlbekannten Art seiner Frau zu bitten, nicht widerstehen konnte, und an einem Ostersonntag wurde Leander Thorspeck bei Häberleins erwartet.

Das Frauchen hatte einen hohen, guten Kuchen gebacken, ihr Damasttuch auf den Tisch gebreitet und Salome zum Kaffee eingeladen.

Herr Balduin betrachtete die Vorbereitungen zum Empfange des Lehrlings kopfschüttelnd. Das wird etwas Gutes werden, dachte er; sie wird ihn mir verwöhnen.

Während Anna und Salome erwartungsvoll im Ladenstübchen vor dem gedeckten Tisch saßen, stand Herr Balduin im Gewölbe und bediente die Kunden, denn die Ladenklingel erklang jede Minute.

»Der Tausend«, sagte Salome, »das geht ja!«

Und Anna erwiderte bescheiden, in behaglichem Sicherheitsgefühl: »Das ist so schlimm nicht, so geht es nicht in einem hin.«

»Na, na, na!«, meinte Frau Salome. Da klang die Klingel wieder und man hörte Meister Häberlein mit erhobener Stimme sprechen.

»Jetzt ist er gekommen«, sagte Salome, »das ist Leander!« Sie stand auf, lugte durch das Fensterchen in der Tür. »Ja, das ist er«, sagte sie in mütterlicher Zärtlichkeit, »kommen Sie doch, Anna, und sehen Sie!«

Frau Häberlein stellte sich auf die Zehen und schaute auch; da sah sie einen lang aufgeschossenen, blonden Menschen mit einem Felleisen, das ihm an den hageren Schultern herabhing. Er trug eine Brille, die sich ganz eigentümlich auf seinem eckigen, rötlichen Gesicht ausnahm. Sein blondes Haar war straff aus der Stirn herausgekämmt und hing ihm starr und spärlich ein Stück hinter den Ohren vor. Aus den unzulänglichen Ärmeln seines braunen Rockes schauten ein paar breite, rote Hände, die an derben Gelenken saßen. Herr Balduin sprach mit Würde und Eifer auf ihn ein. »Hat er es mit den Augen zu tun?«, fragte Anna, die nicht recht wusste, was sie über den neuen Lehrling sagen sollte.

»Ja. Seinerzeit bekam er eine Brille, und es hatte sich dadurch ganz gut mit ihm gemacht«, erwiderte Salome.

Jetzt führte Balduin den Lehrling in die Stube.

»Das ist der Lehrling«, wandte er sich an seine Frau, »und so Gott will, kommen wir miteinander aus.« Indem er dies sagte, blickte er mit einem unwillkürlich komischen Ausdruck des Misstrauens auf den langen, haltlosen Gesellen, der neben ihm stand.

Salome hatte sich in übertriebener Bescheidenheit in eine Ecke des Zimmers zurückgezogen. Der Ankömmling muhte sie schon längst bemerkt haben, tat aber, als sähe er sie nicht, und blickte vor sich hin.

»Nun, nun«, rief Frau Anna ganz erregt, »sieht Er denn nicht?«

Da hob der lange Leander den Kopf und schaute direkt nach der Ecke hin, wo Salome süß lächelnd stand.

»Da steht ja die Frau Mutter!«, sagte er mit einem Tone, der Erstaunen ausdrücken sollte, aber im Ausdruck verfehlt war und völlig nichtssagend klang. Er ging auf sie zu, sie auf ihn. Salome legte ihm die Hand auf die Schulter, blickte zu ihm gefühlvoll auf und sagte: »Lieber Sohn, wir sind unseren Wohltätern den größten Dank schuldig.«

»Ja«, erwiderte Leander mit gedrückter Stimme. »Wie geht es Euch, Mutter?«

»Recht gut, Leander; wenn man in so liebem Verkehr sieht wie ich und soviel Grund zur Dankbarkeit hat wie ich, da sollte es einem wohl nicht gut gehen?«

»Lasst das doch jetzt!«, sagte Frau Häberlein, deren Herz vor innerster Erregung klopfte. Wäre das *mein* Sohn, dachte sie, und ich hätte ihn so lange nicht gesehen, wir wollten uns anders begrüßen. Du lieber Gott, wenn er noch übler aussähe, und da möchte doch dabei sein, wer da wollte, einen Kuss sollte er von mir haben, wie sonst auf der ganzen Welt ihm niemand einen geben könnte, dem armen, langen Geschöpf. Und indem sie das dachte, blickte sie unwillkürlich den steifen Leander unbeschreiblich liebevoll an.

»Kommt nun und setzt Euch zum Kaffee«, sagte sie. Herr Häberlein war schon wieder draußen im Gewölbe beschäftigt, und die kleine Frau bediente ihre Gäste, lugte inzwischen durch das Fensterchen, um zu sehen, wie es stände, ob ihr Balduin nicht bald zu seinem Nachmittagsschälchen käme. Öfters wandte sie sich in aller Liebenswürdigkeit an Leander, fragte, wie es bei seinem ersten Herrn mit der Tageseinteilung gehalten worden sei, mit dem Aufstehen, den Mahlzeiten, wann sie den Laden geschlossen, ob sie auch ihren Handel auf Südfrüchte und Käseware ausgedehnt hätten, und was er von den verschiedenen Aufbewahrungsmanieren der Käsesorten halte. Sie begann ihn eifrig nach ihrer Weise auszufragen, bekam aber äußerst zurückhaltende, kühle Antworten, wie sie jemand gibt, der einem unberufenen Frager Rede stehen muss, einem, der nichts von der Sache versteht.

Die kleine Frau blickte den Gesellen, der eben gehörig in den Kuchen einhieb, scharf und forschend an. »Hör Er«, sagte sie. »in dem Geschäft, aus dem Er kommt, scheint mir die Frau ihre Hände nicht mit darin gehabt zu haben, wie es sein sollte. Die hatte mit den Kindern und dem Hauswesen vielleicht viel zu schaffen. Bei uns aber geht es anders zu, und ich verlange jederzeit eine Antwort, wie sie sich auf meine Fragen gebührt. Das merk Er sich!«

»Ei, Frau Anna, was meint Ihr?«, begann Salome. »An so etwas wird es der Leander nicht fehlen lassen, da müsste er mein Sohn nicht sein.«

»Nun, er möge es sich gesagt sein lassen«, erwiderte die kleine Frau gemessen und goss ihm von neuem Kaffee ein. Sie bemerkte, wie Salome ihrem Sohn, als sie sich nicht beobachtet fühlte, einen Rippenstoß versetzte, was den Anschein hatte, als wollte sie in ihm die Lebensgeister etwas in Umschwung setzen, so wie man eine Flasche umschüttelt, um deren Inhalt durcheinanderzubringen.

Frau Anna legte sich an diesem Abend nicht ganz leichten Herzens zur Ruhe. Sie hatte sich am Morgen hoffnungsvoll erhoben und einer Zeit entgegengesehen, wo unter ihrer Pflege und Sorge ein guter Junge stehen würde, für den sie alles gedeihlich und klug einrichten wollte und nach dessen Zuneigung und Vertrauen sie im Voraus schon Verlangen trug. Jetzt stand ihr der lange, karge Leander vor der Seele, und ihre warmen Gefühle duckten sich zusammen wie Vögel bei unerwarteter Märzenkälte. Sie lag lange, ohne einschlafen zu können, bis sie wieder zu neuer Hoffnung kam und meinte: »Seine guten Seiten werd' ich schon finden. Es wird sich etwas aus ihm herauslocken lassen.«

Sie würde Geduld haben, das wusste sie. Wie hatte sie ihr Gärtchen gepflegt mit aller Ausdauer und war durch dessen Gedeihen belohnt! Sie war durch Erfahrung zu einer Reihe guter Gleichnisse gekommen, die ihr veranschaulichten, dass Mühe im Leben auf irgendeine Weise hoffnungsvoll sei. Und so gab sie es nicht auf, als Wochen schon ins Land gezogen waren und der Lehrling so gleichgültig und ungeweckt blieb wie am ersten Tage, ganz unverdrossen an eine künftige Wandlung im Wesen ihres Schützlings zu glauben.

Herr Balduin war Leanders wegen oft verdrossen, weil der lange Schlapps, wie er ihn nannte, voller Trägheit steckte und, weiß Gott, nicht wert war, in dem an liebevolle Hingabe gewöhnten Spezereigewölbe zu hantieren. »Nur allein, wie der Bursche eine Kiste öffnet«, sagte er voller Überdruss eines Abends zu seiner Frau, »ist nicht zum ansehen. Da nehm' ich ihm zehnmal lieber das Stemmeisen aus den Händen und mache die Sache selber, als dass ich dem Getrane zuschaue. Da haben wir uns etwas eingebrockt. Alte. Die Salome oben ist mir nachgerade auch unleidlich, und wenn es nur des Sohnes wegen wäre. In allen beiden steckt der Hochmutsteufel und guckt ihnen durch die Lumperei. Sie sind sich zu gut für das, was sie sind, verstehst du?«

»Ei ja, ich verstehe schon«, erwiderte die Frau, »aber, ob es sich so verhält, das kann man nicht wissen. Denk doch, wie schwer Salome sich durchs Leben gebracht hat? man muss ihr immerhin alle Achtung geben.«

»Das kann sein; weshalb nicht«, unterbrach sie Herr Häberlein. »Du lieber Gott, was für erbärmliches Volk muss mit dem Leben fertig werden oder das Leben mit ihnen; das kommt auf eins heraus. Und wenn sie sich noch so verschroben anstellen; entweder gehen sie über ihren Torheiten zugrunde oder nicht, und da findet sich etwas für sie, da sorgt das Leben für sie. So ganz erstaunlich ist es nicht, dass sich die Gesellschaft oben durchgebracht hat, dickfellig, wie sie sind. Wenn du einmal dazu kommen kannst, sieh zu, was Leander in seiner Dämelei für einen Schmöker in der Rocktasche mit sich herumträgt. Ich habe meinen Ärger darüber. Du hast es ja selbst bemerkt; wie einem zum Possen zieht er sein Büchelchen vor, sowie es im Augenblick nichts zu schaffen gibt, tut, als vertiefe er sich hinein und höre und sehe nichts mehr. Ein paarmal habe ich ihm die Komödie so hingehen lassen, wie ich es aber bei Gelegenheit endlich verbot, schaute er aus dem Buche auf mit einer so erhabenen Miene, als wollte er sagen: Was fällt dir ein, mich zu stören, schob das Buch nachlässig unter den Schürzenlatz und machte sich dann an die Arbeit, als täte er sie einem Dummen zuliebe.« Während Herr Balduin so sprach, redete er sich in Ärger hinein. »Ja«, fuhr er fort, »wenn der Bengel sich noch irgendetwas zuschulden kommen ließe, wenn er grob und ungehörig würde, dann könnte man ihn mit Fug und Recht loswerden; aber das ist er nicht. In seiner Maulfaulheit ist nichts Gutes und nichts Schlechtes aus ihm herauszubringen. Alles macht er mit den verfluchten Mienen ab, die man, um ihm die Freude zu versalzen, einen in Ärger gebracht zu haben, gar nicht bemerken darf. Aber das halte ein Mensch aus. Ich gäbe etwas darum, wenn er seine Sache schlecht machte; aber so abscheulich es aussieht, wenn er etwas angreift, er bringt es zustande wie ein Munterer und Behänder. Im Traume aber kommt mir sein hochnäsiges, rotes Gesicht vor. Der Kerl ist imstande, mich Tag und Nacht in Ärger zu bringen.«

»Ja«, sagte Frau Häberlein seufzend, »ich hätte es mir anders gedacht.«

»Nun, wir müssen es aushalten«, fuhr er fort, »denn weder den Leander noch die Frau Salome wüsste ich bei etwas Unrechtem zu fassen. Was recht ist, muss recht bleiben. Aber, weiß Gott, der Bursche hätte Schreiber oder Schneider werden müssen, dazu hätte er eher getaugt. Einer, der sich mit der rechten Hand die Nase zuhält, wenn er mit der linken einen Hering aus der Lauge nimmt, der wird nie mit vollem Herzen in unserem Geschäft stehen.«

Anna fühlte sich bedrückt durch den täglichen Verdruss, dem Herr Balduin ausgesetzt wurde, und tief gekränkt, dass sie im gütigen Entgegenkommen an der Unliebenswürdigkeit des jungen Menschen abgeprallt war.

Sie hatten damals einen trüben, nasskalten Winter. Der Sommer und Herbst war der Delikatesshändlerin hingegangen, ohne dass sie recht von dem Reichtum, der aus der Erde gebrochen war, in ihrer engen Gasse etwas bemerkt hätte. Wenn sie am Fenster in dem Ladenstübchen gesessen, die sommerlich geputzten, sonnendurchwärmten Leute hatte vorüberziehen sehen, war es ihr oft enge ums Herz geworden bei der Vorstellung, dass die Glücklichen in aller Behaglichkeit hinaus auf die Dörfer zögen, dass sie an die Ilm gehen würden, nach Süßenborn, Tiefurt und Tröbsdorf stromauf- und -abwärts. Da zogen Bilder von schönen Flussufern, volllaubigen Bäumen, sich schlängelnden Wegen, auf denen muntere Leute gingen, an ihrer Seele vorüber. Herr Balduin war von jeher kein Freund von Fußwanderungen gewesen, und sie hatten ihren Sonntagsgang gewöhnlich nach nahegelegenen Anlagen gerichtet oder zur besonderen Feier in einem kleinen Stadtgarten jedes ein Schälchen Kaffee eingenommen. Das waren die Genüsse gewesen, die ihr der Sommer eingebracht hatte, und jetzt saß sie am Fenster, und der nasse Nebel zog durch die Straßen, ein leichter Schneeschauer sank hin und wieder feucht herab. Die Leute liefen verdrossen und eilig ihres Weges. Und so ging es wochenlang Tag für Tag. Kein Sonnenstrahl hatte über die hohen Dächer herübergelugt, und auf der Frau lag etwas schwer und freudlos, sie wusste nicht, was es eigentlich war. So ähnlich hatte sie wohl schon manchmal im Leben empfunden, nie aber so lange und ununterbrochen wie an jenen trüben, nassen Wintertagen. Es war ihr, als hätte sie an nichts mehr ihre Freude. Wenn sie in der Dämmerstunde saß und auf die Ladenklingel horchte, da zog wie mit schweren Flügeln ihr ganzes Leben an ihr vorüber, Jahr von Jahr, Tag von Tag unterscheidbar. Die Zeit, die Balduin und ihr einst stundenweis zugehörte, floss gleichmäßig in der Erinnerung wie ein träger Bach. Wohin? Weiter, immer weiter; nicht mehr allzu lange. Wenn Anna mit ihren Empfindungen bis zu dieser letzten Betrachtung gekommen war, seufzte sie innerlich schwer auf und dachte: für wen aller Fleiß? Für wen das bisschen Mühe? Ja, wenn wir Kinder hätten, da sähe die Sache anders aus, aber so? Wozu die Sparsamkeit? Weshalb freut sich der arme Balduin über den Jahresgewinn? Wir hätten ja genug und übergenug. Du mein Gott! Da sitzt man nun und sorgt sein Lebtag für Leckerbissen, die die Leute holen, wenn sie welche brauchen. Da hat man sich hundertmal miteinander gesehen und kennt sich doch nicht. Wer es ihnen gibt, ist ihnen gleich. Mitten unter Menschen steht man allein, und was man sein Lebtag zustande gebracht hat, weiß man selber nicht, und niemand dankt es einem.

Hätte die Delikatesshändlerin in solchen schwermütigen Stunden die wunderliche Vorrede, die einst der einfachen Geschichte ihres Lebens vorangehen würde, geahnt, wer weiß, ob sie diese nicht gern verstanden und ob sie nicht einen Trost für sich gefunden hätte, zu denken, wie sie beide, Herr Balduin und sie, mit ihrer täglichen Geschäftigkeit in das Bewegen des Weltlaufes tätig, unmerklich, doch mächtig eingegriffen hatten. Hätte sie einen tieferen Blick auf ihre Wirkung im Leben tun können, würde das sie in Erstaunen gesetzt und ihr wohlgetan haben; denn nutzlos war es nicht, was sie vollbrachten. Doch so nahe der Gedanke mit ihr jetzt hier verbunden steht und die beiden Alten uns zeigt, wie sie den Mächtigsten auf Erden zum kräftigen Dasein mit verhalfen, so wenig war er ihr selbst gegenwärtig. Solcherlei erdachter Trost lag ihr weitab. Sie saß in der Dämmerstunde am Fenster, alles um sie her erschien ihr trübselig. Was sie mit Herrn Balduin erreicht hatte, wollte ihr unnütz und zwecklos vorkommen. Draußen der graue Winter war öde und die Erinnerung an die Freuden im Sommer karg. Wie ruhig und zufrieden war sie doch oft unter denselben Zuständen gewesen, die ihr jetzt schwer zu ertragen schienen. Wenn sie nach ihrer Arbeit zur Ruhe kam, setzte sie sich nieder, legte die Hände ineinander und hatte das Gefühl, als wäre das Maß nun vollgelaufen, als müsste es jetzt dem Ende zugehen, und es wurde ihr wehmütig und ernst zumute. Sie fühlte sich nicht wohl. Was ihr fehlte, konnte sie selbst nicht sagen; sie kam leicht in Ärger und schien äußerst reizbar zu sein, was an ihr sonst nicht zu bemerken gewesen war. Auch Herr Balduin wusste nicht, was er von seiner Frau halten sollte, von dem durch ein ganzes Leben immer freundlichen und zierlichen Geschöpfe. Sie selbst grübelte nach, was der Grund ihres Übelbefindens wohl sein könne, und kam auf nichts. Unmöglich konnte doch Salomes Jüngster, der Leander, daran schuld sein. Lässig, gleichgültig und unschön bewegte der sich mit seinen langen Gliedern zwischen den beiden tätigen Alten, als legte er es darauf an, ihnen überdrüssig zu werden. Das aber durfte eine vernünftige Frau nicht um alle Fassung bringen. Doch seine Miene, die hochnäsige Miene, die er am Ladentische, bei der Arbeit und unaufhörlich aufsetzte, und die Zimperlichkeit, mit der er die Dinge angriff, und das überlegene Lächeln auf dem harten, roten Gesicht: dies immer und immer zu sehen, das könnte einen, dachte sie, um alle Güte und Liebe bringen. Leanders offenbare Missachtung, mit der er die tägliche Beschäftigung betrieb, die das Leben der Delikatesshändlerin ausgefüllt, hatte für diese etwas unbeschreiblich Kränkendes und Erregendes. Nicht nur sein eigenes Hantieren schien er von oben herab zu behandeln, nein, ihr war es, als betrachte er gerade so hochnäsig und missachtend, wie er alles tat, was ihn betraf, ihre und Herrn Balduins Arbeit: als schnitte er auf jeden Tag ihres Lebens ekelhafte, gleichgültige Gesichter. Eines Abends, als sie allein bei ihrem Talglicht im Ladenstübchen saß – Herr Balduin war ausgegangen, der Laden schon geschlossen, und Leander hockte oben bei Salome – da ließ sie so von ungefähr die Blicke in dem kleinen Raume schweifen, schaute sich dies an und jenes und dachte, wie ihr alles doch gar so wohl bekannt sei, und wie alles, was mit einem alt geworden, wert ist, und ehe sie es sich versah, war sie wieder in trübe Gedanken verfallen. Da erblickte sie in ihrer Grübelei etwas, das ihr vorher nicht aufgefallen, auf dem Stuhle am Ofen ein vergriffenes, verbogenes Büchelchen. Sie schaut dumpf darauf hin, bis sie es mit einem Male mit klarem Bewusstsein liegen sah und bemerkte, dass es Leanders Buch sei, in das der ärgerliche Mensch zu jeder möglichst ungelegenen Zeit die Nase hineinsteckte. Das hatte er liegen gelassen. Sie hob es flink und lebendig, wie in ihren guten Zeiten, voller Neugier auf und nahm es zur Hand, rückte das Licht zurecht und schlug es bedächtig auf. Indem sie dies tat, fuhr Überraschung und Ärger im Durcheinander über ihr Gesicht. »So ein Schweinigel«, fuhr sie entrüstet auf und starrte in das aufgeschlagene Buch. Dort lag vor den Augen des alten, zierlichen Weibes eine wohlbenagte Wurstschale als Buchzeichen zwischen den Seiten. Vor ihrer Seele stand ihr Schützling so lang und sparrig, wie er einherzugehen die Bestimmung hatte, und noch nie schien er ihr so in tiefster Seele fatal wie eben jetzt in seiner Abwesenheit. Sie stand auf, ging an das Fenster und schaute hinaus in die Dunkelheit.

Als sie wieder vor den Tisch trat, lag das Buch mit seinem widerwärtigen Zeichen aufgeschlagen ihr vor Augen. Die befleckten, ungeschonten Seiten waren ihr unangenehm und der Geruch der räucherigen Schale abscheulich. Sie fasste dieselbe mit den Fingerspitzen und entfernte sie. Dann putzte sie das Licht, das flackernd an dem verkohlten Docht in die Höhe brannte, damit es besser leuchte, nahm ihren Strickstrumpf zur Hand und schaute wie von ungefähr in das aus allen Fugen gegangene Buch, noch ohne zu lesen und in ärgerlicher Betrachtung über den hässlichen Eindruck, der auf ihr lag. Endlich aber rückte sie sich das Licht noch etwas näher, nahm die Stricknadel, glättete die aufgeschlagene Seite und begann zaghaft in ihrer Gewohnheit zu lesen.

Es war ein ihr unbekanntes, weit gekanntes Lied. Und sie begann:

Füllest wieder Busch und Tal
Still mit Nebelglanz,
Lösest endlich auch einmal
Meine Seele ganz.

Da las sie und weiter, eine Zeile, einen Vers nach dem anderen, und dem kleinen, bedrückten Weibe war es, als wüchsen ihrer Seele Flügel; ihre Augen füllten sich mit Tränen, sie empfand Unaussprechliches. Jetzt die Zeilen:

Rausche, Fluss, das Tal entlang
Ohne Rast und Ruh;
Rausche, flüstre meinem Sang
Melodien zu.

Da umgab ihr Empfinden frische, wonnevolle Dämmerung, die sich wie ein Wunder um sie her verbreitete, die Raum zu weitester Sehnsucht gab. Rauschender Fluss, sanfter Gesang, im Monde schimmernde Blüten, im Monde schimmerndes, feuchtes Wellenbewegen, in das Unendliche hinein unbegrenzte Frische, dann fassbare, glaubhafte Bilder und Gefühle; eine Sehnsucht, aus dem engen Stübchen der winterlich dunkelfeuchten Straße hinaus in schmeichelndsten Frühling zu fliehen und Gedanken, denen das Gewohnte fremd ist.

Ungedacht bewegte sich solches um die Frau wie wunderbarste Luft aus ferner Welt. Sie lehnte sich in ihrem Stuhl zurück und atmete tief auf, blickte in das dumpf brennende Licht und atmete immer freier, als zöge an ihr ein reiner, lebendiger Strom vorüber. So saß sie in tiefster Stille, nichts störte ihre weihevolle Stunde, und sie genoss das Schöne, das ihr zugekommen, wie einen ruhigen Schlaf, und das hatte die alte Exzellenz gedichtet. – Der Goethe – ihr bester Kunde. Sie zahlten freilich die Rechnungen nicht besonders regelmäßig, wie vornehme Leute das an sich haben. – Aber wer hätte das gedacht! – So etwas Wundervolles konnte dieser Mann sagen!

Die braven Bürger Weimars wussten damals so wenig von ihm, wie sie heutzutage von ihm wissen.

Das Weibchen erwachte erst wieder aus ihrer Seligkeit, als die Tür sich öffnete und Leander hereintrat, um, wie es zu seinen Hauspflichten gehörte, gute Nacht zu sagen, ehe er schlafen ging. Der sah auf den ersten Blick sein Buch vor der Meisterin liegen und griff danach, um es an sich zu nehmen.

Da fühlte sich die Frau gekränkt und roh aus ihren Empfindungen gerissen.

»Ich habe Eurem Buche keinen Schaden getan«, sagte sie anzüglich und fuhr weich fort: »Ich bitte Euch, haltet es besser. Mit einem Buche so abscheulich umzugehen, ist eine Sünde und Schande, merk Er sich das! Wie kann Er darin lesen und solch ein Rüpel sein!«

Leander schien nicht die Absicht zu haben, etwas zu erwidern, und wollte eben wieder in seiner verstockten Weise mit dem Buche stumm zur Tür hinausgehen; da rief ihn die Delikatesshändlerin, die gar zu gern ein Wort, was ihn ihr näher brächte, gehört hätte, zurück.

»Zeig Er das Buch noch einmal!«

Leander gab es misslaunig hin und sagte: »Die Frau hat es ja gesehen.«

Sie schüttelte in Gedanken versunken den Kopf, nahm das Buch wieder zur Hand und blätterte darin. Es war ein Taschenalmanach, mit bunten Kupfern ausgestattet, und die verschiedensten Dinge wurden in dem Büchlein behandelt. Da stand etwas über Heilquellen und über die Karlsbader Heilquellen insbesondere, etwas über die Mode, die das Jahr, in dem der Kalender erschien, beherrschte, ein kleiner Roman und Gedichte aller Art.

»Woher habt Ihr das Buch?«, fragte die Frau.

»Ich hab' mehr solche«, erwiderte er kurz; »sie gehören meiner Alten.«

»Da ist Ihm ein Gedicht wohl ganz besonders wert darin?«, fragte sie wieder und lächelte etwas.

»Das nicht«, erwiderte er.

Die Delikatesshändlerin blickte ihn forschend an. Seine blöden Augen aber schauten über sie hinweg und verrieten seine Unbeholfenheit und sein verschlossenes Wesen. Er mochte zu den Leuten gehören, denen kein tieferes Gefühl sich zu Worten gestalten kann, die vielleicht warmherzig empfinden, sich vielleicht auch gern mitteilen würden, aber es durch allerlei Unvollkommenheiten ihrer Anlagen durchaus nicht können, und die als unliebenswürdige Unempfindsame durch das Leben gehen müssen. Vielleicht gehörte Salomes Jüngster zu dieser Art von Geschöpfen und hatte wirklich im Eifer seiner Andacht und Begeisterung das wunderlichste Zeichen, das je ein Mensch gewählt hat, zwischen die Blätter gelegt, welche ihm besonders erfreulich gewesen waren.

Der guten, kleinen Frau aber, die erwartungsvoll zu ihm aufblickte, verriet er nichts von solchen Gefühlen und ließ sie vollkommen im Zweifel über deren Vorhandensein, drehte ihr, nachdem er ihr noch eine Weile gegenübergestanden hatte, mürrisch den Rücken, murmelte noch einmal sein pflichtmäßiges »Gute Nacht!« und ging nach der Tür.

»Da, nehm Er sein Buch mit«, sagte die Frau, reichte es ihm und schaute noch wie in Gedanken verloren auf den Platz, wo er gestanden hatte, als er schon längst die Stiege zu seiner Kammer hinaufgetappt war. Ihre gute Seele wusste nicht recht, was sie mit der schönen Erfahrung, die über sie gekommen war, als sie das erhöhte Leben empfunden, das aus dem Liede heraus über sie strömte, beginnen sollte. Sie versank in tiefste Wehmut, alles um sie her erschien ihr von Neuem unvollkommen und wenig schön, alles bedrückte sie. Ganz von ihr entfernt leuchtete unbekanntes Licht, und sie saß in trüber, dumpfer Dämmerung. Es mag wohl gut sein, zu sterben. Was soll man so lange hier? dachte sie und schaute noch immer unverwandt vor sich hin.

So saß sie noch, als Herr Balduin von seinen alten Freunden zurückkam, mit denen er sich hin und wieder in einer kleinen Weinstube traf. Als er in das Zimmer zu seiner Frau trat, die ihn nicht hatte kommen hören und bei seinem Eintreten wie eben erwacht aufschaute, legte er, als er guten Abend sagte, seine Mütze hastig, wie es sonst nie seine Art war, auf den Tisch, sodass Anna ganz erstaunt aufsah. Seinen Überrock zog er nicht aus, knöpfte ihn aber weit auf und ging so mit schnellen Schritten im Zimmer auf und nieder.

»Ums Himmels willen, was ist dir, Balduin?«, fragte die Frau und erhob sich von ihrem Stuhl. »Was fehlt dir?«

»Mir?«, fragte er. »Was meinst du, wenn wir aus unserem Laden, aus unserm Haus heraus müssten; wie wär' denn das?«

»Davon kann die Rede nicht sein. Da ist ja keine Gefahr.«

»So«, fuhr er erregt auf, »es ist aber ganz zufällig Gefahr da!«

»Wieso denn?«, fragte Anna, der plötzlich der Gedanke aufstieg, Herr Balduin könnte wohl ein Gläschen zu viel getrunken haben, und fügte sanft und gütig hinzu: »Beruhige dich, Balduin; soll ich dir eine Tasse Tee bringen?«

»Hör einmal, Frau«, sagte er trocken, stellte sich vor sie hin und fasste ihre beiden Hände. »Es ist mein voller Ernst und wird so kommen, dass wir aus dem Hause müssen.«

»Red doch nicht, Balduin«, unterbrach ihn die Frau unsicher und geängstigt. »Was fällt dir denn ein?«

»Mir ist es nicht eingefallen«, erwiderte er erregt und ging wieder heftig auf und nieder; »sie wollen eine neue Straße brechen, Gott weiß weshalb. Über die verfluchte Verschönerungssucht! Eine gerade Verbindung mit dem Marktplatze finden sie für gut. Sie wollen mehr Luft in der Gasse haben, was weiß ich. Da müssen unsere Häuser daran glauben,

Schwendlers und meines. Und Schwendler wird sich nicht lange besinnen, das kannst du dir vorstellen, die alte Bude los zu werden. Für die Leute ist es das reinste Glück, die werden eine Summe bar in die Hand bekommen, wie sie es sich nicht träumen konnten, und sind die Not mit dem wackeligen Ding von Haus mit einem Male los, denn an Verkauf wäre anders nie zu denken gewesen.«

»Ja, du lieber Gott!«, rief Frau Anna und setzte sich ganz verworren wieder auf den Stuhl.

»Mit uns steht es schlimmer. Ich dachte nicht anders, als meine Augen hier in Frieden zu schließen. Das Haus ist auch noch imstand und hätte es noch lange mitgemacht.« Indem er das sagte, lehnte er mit dem Rücken an dem Kachelofen und blickte wehmütig vor sich hin. Die Frau aber saß ganz in sich zusammengedrückt auf ihrem Stuhl, und er fuhr bedächtig fort: »Die Bedingungen sind vorteilhaft. Wir fahren dabei nicht schlecht.«

»Ja, woher weißt du es denn?«, seufzte sie.

»Vom Sekretär Gobe, der kam extra heute mit in die Weinstube, um die Sache mit Schwendler und mir zu besprechen. Der Rat hat ihn jedenfalls geschickt, dass er etwas über die Angelegenheit mit unserem Nachbar und mir hören sollte; nun, und wie es geht, da gab ein Wort das andere.«

»Ich weiß gar nicht«, unterbrach sie ihn, »wie du nur so reden kannst, als ob es geschehen würde.« »Und es wird geschehen, da kannst du dich, darauf verlassen!«, fuhr Herr Balduin heftig auf. »Auf dem Stadtplan, da geht der rote Strich schon durch die Häuser. Nichts ist zu machen. Morgen sind wir zum Stadtrat bestellt, dann wird es sich herausstellen.«

»Hast du den Plan auch schon gesehen?«, fragte sie angstvoll.

»Noch nicht. Erst morgen, aber –«

Jetzt sprang sie auf, trat zu ihm und sagte mit tief erregter Stimme: »Nein, nun sprich, ob es wahr ist!«

»Du hörst es ja«, erwiderte er ungeduldig.

Da ließ sie die Arme herabsinken, schaute wie hilflos vor sich hin und konnte zu keinem Worte mehr kommen. Auch Herr Balduin stand regungslos an den Ofen gelehnt. Die Uhr tickte auf und nieder, und der Regen schlug an die Scheiben.

»Na, Alte, so schlimm ist es ja nicht«, begann Balduin nach langem Schweigen wieder. »Da denk doch nur, wie andere bald da, bald dort ihr Lebtag wohnen müssen, und wir haben hier die ganze, liebe Zeit gesessen; nun kommt es auch einmal an uns. Und für uns wird sich auch ein anderes Fleckchen finden und ein besseres. Dir gönne ich's, dass du zu etwas Gutem kommst.«

»Lass das!«, erwiderte sie matt und ging an das Fenster, um hinauszusehen. Über ihr bewegliches Gemüt kam heute Abend allzu viel. Sie glaubte, dass sie träume, und kam deshalb nur zu einem dumpfen Staunen über etwas Unerhörtes, das mitten in der ununterbrochenen Gleichgültigkeit sie selbst angehe. Es war ihr noch nicht bis zum eigensten Bewusstsein gekommen, dass es sich darum handele, das alte Ladenstübchen auf immer zu verlassen. Wäre ihr das klar geworden, so hätte sich in ihr ein Erschrecken geregt, ähnlich dem plötzlichen Gewahrwerden, dass der Tod nicht nur ein wohlbekanntes Wort und ein vertrauter Begriff ist, sondern, wenn er nahe tritt, ein ungeahnt fremdes Entsetzen. Und für sie war ja der Tod ein Verschwinden aus dem vertrauten, einzig bekannten Raume in ein undenkbares Unbestimmtes hinein. Ähnlich schien für sie ein neues, irdisches Leben unter veränderten Verhältnissen zu sein.

Wie betäubt besorgte sie vor dem Schlafengehen noch alle ihre kleinen Obliegenheiten, nahm die Asche aus dem Ofen, ging in die Küche und füllte ihr Wasserkesselchen, stellte es an seinen altgewohnten Platz, dass am Morgen alles zum Kaffeekochen parat stände, hob gedankenlos vom Boden ein Endchen Bindfaden, ein Krümchen auf, wischte den Tisch mit ihrer Schürze blank, rückte die Stühle zurecht und tat alles mit einem eigentümlichen Ausdruck im Gesicht. Herr Balduin sah ihr unverwandt zu und schüttelte den Kopf.

»Was machst du denn noch, Anna?«, fragte er. »Geh lieber zu Bette.«

»Ja, ja!«, sagte sie und setzte sich nieder.

Da trat Herr Häberlein auf sie zu, legte ihr die Hand auf die Schulter und sagte: »Lass dir es nicht so sehr zu Herzen gehen, Alte. Mir wird's, weiß Gott, auch nicht leicht werden; aber wir sind doch unser Lebtag gut weggekommen gegen andere, da muss es nun einmal hereinbrechen. Komm, sei ruhig.«